VIND**O**BONA
VERLAG SEIT 1946

Peter Gruber

Management braucht braucht Führungskräfte

Anleitung zum zeitgemäßen Führen

VINDOBONA VERLAG · SEIT 1946

Bibliografische Information
der Deutschen Nationalbibliothek:

Die Deutsche Nationalbibliothek
verzeichnet diese Publikation in
der Deutschen Nationalbibliografie.
Detaillierte bibliografische Daten
sind im Internet über
http://www.d-nb.de abrufbar.

www.vindobonaverlag.com

© 2024 Vindobona Verlag

ISBN 978-3-903574-43-4
Lektorat: Naemi Hofer
Umschlaggestaltung, Layout & Satz:
Vindobona Verlag
Innenabbildung & Autorenfoto:
Peter Gruber

Die vom Autor zur Verfügung gestellte
Abbildung wurden in der bestmöglichen
Qualität gedruckt.

Gedruckt in der Europäischen Union
auf umweltfreundlichem, chlor- und
säurefrei gebleichtem Papier.

Wir Menschen sollen mit Freude arbeiten,
denn es soll uns gut geh'n.
Das zu erreichen ist Kernaufgabe
von Führungskräften.

Inhaltsverzeichnis

Die Grundmuster erkennen

Es gibt Grundmuster sozialen Lebens, „social patterns". Wenn wir von „Mustern" sprechen, so geht es um Wiederholbarkeit. Welche Methoden stehen uns zur Verfügung, um sozial geeignetes Verhalten erkennen zu können, das zu wiederholen wünschenswert, sinnvoll und nützlich ist? Und dessen Anwendung sozial w i r k s a m ist.

Wirksamkeit kann in der Arbeit mit Menschen auf drei Wegen festgestellt werden:

1. Wirksamkeit wird durch Erfahrung offensichtlich. Sie ist evident. Sie ist empirisch belegbar. Empirie (von ἐμπειρία empeiría „Erfahrung, Erfahrungswissen") oder
2. Wirksamkeit wird durch Beobachtung empirisch, mit unseren Sinnen erfahrbar, belegt oder
3. durch Experimente.

Unsere alltägliche Arbeit mit Menschen ist eine in Lebenswelten, aus der wir unsere Erfahrungen beziehen, in der wir unsere Beobachtungen machen.

„Der Begriff der Lebenswelt bezeichnet die menschliche Welt in ihrer Selbstverständlichkeit und Erfahrbarkeit – in Abgrenzung zur theoretisch bestimmten wissenschaftlichen Weltsicht."

In unserer Lebenswelt der Kulturarbeit mit den Menschen in Unternehmen sehen wir es als Kernaufgabe, die Lebensfähigkeit unserer Gedanken zu prüfen.

Management braucht Führungskräfte.

1 Führen
Psychisch-sozial-ethisch, nicht nur funktional

Manager und Managerinnen steuern Unternehmen über Z.D.F., Zahlen, Daten, Fakten. Sie arbeiten funktional, damit die Menschen funktionieren. Führungskräfte können das auch. Sie erweitern jedoch die funktionale Dimension um psychische, soziale und ethische Dimensionen. Sie arbeiten personal.

Das Hauptinstrument des Managements ist das Excel-Sheet (oder ähnliches) dessen KPIs (Key Processing Indicators) per Knopfdruck an 300.000 Mitarbeitende oder mehr per Mail versendet werden können.

Das Hauptinstrument der Führungskräfte (was für eine Wohltat, nicht gendern zu müssen) ist das Gespräch. Und sie wissen, dass ein Gespräch in erster Linie Hören ist und erst in zweiter Linie das Reden.

Wenn das Management Botschaften sendet, dann geht das in eine Richtung, es handelt sich um Information. Vorsicht: es ist eine Einbahn, One Way.

Führungskräfte informieren nicht nur, sondern deren Interaktion ist Kommunikation, sie geht in zwei Richtungen: Empfangen und Senden.

Wenn jeder die Regeln kennt, ist der Gegenverkehr ungefährlich.

Eine Anekdote aus einem Unternehmen:
„Unsere Führungskräfte kommunizieren zu wenig. Und wenn sie kommunizieren, dann reden sie zu viel."

Sie verhindern durch ihr Senden, das Lösungspotential ihrer Mitarbeitenden zu aktivieren. Wie schwer sich manche das Leben doch machen! Es geht auch einfach. Einfach hören. Das erste Wort des besten und 1.500 Jahre alten Führungsbuches, die Regel des Hl. Benedikt, ist Höre (im Original Ascolta)!

Meine persönliche Schlüsselerfahrung: ein Schweige-Exerzitium im Benediktinerkloster

Überarbeitet und mit leerer Batterie, die sich nur kurz aufladen ließ, um abrupt wieder abzustürzen, floh ich zu meinem Kraftplatz – in „mein" Benediktinerkloster. Ich wollte eine Schweige-Woche verbringen.

Am ersten Tag mussten wir hören. Jeder verbrachte den Tag alleine, um achtsam zu hören – klassisch mit den Ohren, aber auch mit den Füßen auf dem Kies oder barfuß im Moos oder in der Wiese. Ich lernte, dass ich zwar auch da mit den Ohren die unterschiedlichen Laute hörte, das Erlebnis ging aber weiter – irgendwann spürte ich, dass auch meine Füße ein Hörorgan sind. Der morgendlichen Anleitung des Bruders folgend, lenkte ich dann beim Spaziergang meine Achtsamkeit auf mein Becken. Und es eröffnete sich für mich die Wahrnehmung, was für ein Resonanzkörper mein Becken ist. Es klang von den Füßen über die Beine in diesen Klangkörper hinein und von ihm hinaus. Ich hatte das Empfinden in einem Korpus einer akustischen Gitarre zu sein.

So machte ich meine ersten Hörübungen. Mir wurde dadurch auch klar, was für einen qualitativen Unterschied es ausmacht, nicht nur zu hören, sondern zu horchen. In mich hineinhorchen.

„Horche, was in Dir Gestalt annehmen möchte, was in Dir wächst", Anselm Grün OB. Ich begriff nun seine Worte.

Hören – Horchen – Gehorchen.

Ich lernte, dass auch Gehorsam mit Horchen zu tun hat: in sich horchen und feststellen, wem oder was ich Gehorsam schenken möchte. Und ich spürte schon am ersten Tag, wie meine Batterie sich bereits ein bisschen auflud.

Am zweiten Tag instruierte uns unser benediktinischer Begleiter, dass wir uns heute auf das Schweigen konzentrieren werden. Sechs Stun-

den schweigen! Ich wendete ein, dass ich nicht verstand: „Gestern, beim Hören, haben wir doch auch schon nicht gesprochen."

Und ich durfte lernen, dass „nicht sprechen" noch lange nicht schweigen bedeutet. Wenn ich mir meinen Einwand erspart und doch geschwiegen hätte! Si tacuisses, philosophus mansisses.

Tja, es dürfte stimmen: Führungskräfte kommunizieren zu wenig und reden zu viel.

An den nächsten drei Tagen widmeten wir uns noch der Demut, unseren Beziehungen und dem Wandel durch diese Exerzitien. Wandel ist Umkehr – Metanoia, die Botschaft des Herrn, dem wir die Bergpredigt verdanken. Mir wurde klar, dass Change und Wandel Umkehr bedeutet.

Manchmal reichen fünf Tage, um aus der Überlastung in den Korridor des Flows zurückzukehren.

2 Führungskraft
Die Persönlichkeit, die Kraft gibt

„Führungskräfte arbeiten zu viel und führen zu wenig."

Vorgesetzte, die ihre Untergebenen ziehen oder schieben, verdienen den Titel Führungskraft nicht. Die Zieher und Schieber besitzen keine „Kraft des Führens". Und sie verlieren auch noch den Rest an eigener Energie durch das Schieben und Ziehen. Sie kommen darüber hinaus auch nicht zu ihrer eigenen Arbeit, wenn sie sich in die Arbeit ihrer Anvertrauten einmischen.

Führen beginnt, wenn ein/e Vorgesetzte/r es schafft, dass die Mitarbeitenden freiwillig folgen auf dem Weg zum Ziel.

Führen findet statt, wenn es gelingt, Menschen zu beeinflussen, zielorientiert im Unternehmenssinn tätig zu werden.

Der Olymp des Führens wird erreicht, wenn die Geführten autonom, also selbstgesteuert, auf dem Weg zum Ziel der Führungskraft bereits entgegenkommen. Diese Führungskraft verdient den Zusatz Kraft, denn sie gibt Kraft und bewahrt ihre eigene.

Meine Schlüsselerfahrung als angehende Führungskraft

Als ich mit 30 Jahren der Vorgesetzte von 16 Verkäufern geworden war, wovon der Nächstjüngere 42 Jahre alt war, bereitete ich mich auf meinen ersten Tag als Verkaufsleiter ganz speziell vor. Ich erwartete eine Probe, „ob der was taugt". Punkt 09:00 rief mich der Verkaufsleiter von Tirol, unserem umsatzstärksten Verkaufsgebiet, an. Nach höflichem Willkommens-Smalltalk kam der Herr aus Tirol zur Sache: „Ich habe hier ein Problem (das er mir genau erläuterte). Was soll ich tun?" Der Kampf Mitarbeiter mit Vorgesetzten war eröffnet. Genau das Muster, das ich mir in meiner Vorbereitung vorgestellt habe.

Meine Antwort: „Welche Lösungen haben Sie?"

„Die hätte ich gerne von Ihnen!", antwortete der Chef von Tirol.

Ich: „Sie sind der Verantwortliche für Tirol. Ich erwarte, dass Sie mit einem Problem auch Lösungsvorschläge bringen. Die bespreche ich gerne mit Ihnen. Die Entscheidung treffen Sie. Denn Sie tragen die Verantwortung."

Der Mitarbeiter: „Ich dachte, Sie, als unser neuer Verkaufsleiter, haben Lösungen."

Ich: „Ich bin der Verantwortliche für Österreich. Sie sind der Verantwortliche für Tirol. Wenn ich einmal ein österreichisches Problem habe, möchte ich gerne Sie anrufen und mit Ihnen die Möglichkeiten durchgehen. Und die Entscheidung treffe ich, weil ich auch die Verantwortung trage."

Ab diesem Tag, dem ersten in der neuen Funktion, habe ich nur selten Anrufe mit der Bitte um Lösungen erhalten.

Mein Ziel war, die Mitarbeiter zur Autonomie zu führen – sie entscheiden und tragen die Verantwortung. Die Letztverantwortung blieb bei mir.

Ich hatte es mit dem ersten „Test"-Gespräch erreicht: Ich machte nicht die Arbeit meiner Mitarbeiter. Die Mitarbeiter erledigten die Arbeit, wofür sie Geld erhielten. Und ich machte die Führungsarbeit, wofür ich Geld erhielt.

Einfach und klar:

Den Rahmen vorgeben.

Delegieren der Aufgaben und der Verantwortung.

Unterstützen.

Entscheiden lassen.

Verantworten.

3 Autorität
Führen kraft Persönlichkeit

„Vorgesetzte, die direktiv etwas durchsetzen, gefährden in diesem Moment ihre legitime Autorität."

Die legitime Autorität legitimiert sich kraft ihrer Person durch ihr Verhalten, die legale Autorität kraft ihrer Position (z.B. Vorstand, GF, Direktor, Filialleiter, ...).

Aufgrund ihrer legalen Autorität „dürfen" sie autoritär durchsetzen – kraft ihrer Position, aber es geschieht eben nicht aufgrund ihrer Person bzw. Persönlichkeit. Von ihrer legalen Autorität haben sie meist nicht lange etwas. Sie bleiben Schieber, denen man nur aus Angst „folgt". Sie erreichen keine freiwillige Gefolgschaft. Und die Menschen erreichen niemals das herrliche Gefühl der Autonomie, der Selbststeuerung und Selbstwirksamkeit, die das Selbstwertgefühl kreiert.

Meine Schlüsselerfahrung als Skipper (Freizeitkapitän)

Es begab sich auf einem Hausboot auf dem Shannon River. Die Hauptdarsteller: ein Schifffahrtslaie, hauptberuflich Lehrer und sein um 12 Jahre jüngerer Schwager, der Skipper. Das familiärhierarchische Verhältnis war bisher viele Jahre klar und harmonisch. Ich, der Jüngere, akzeptierte immer schon die natürliche Autorität des Älteren, ab dem Augenblick als mein Schwager in mein Leben trat. Ich war damals 10 Jahre jung. Er war oben, ich unten.

Bis ich am Shannon River, ausgestattet mit diversen Bootsführerpatenten, die Verantwortung für unser Hausboot mit vier Erwachsen und vier Kindern übernommen habe. Ich war „der Herr über das Schiff".

Und es kam zur Eskalation, als beim Anlegemanöver Böen mit Windstärke 6 das Boot schwer steuerbar machten. Und es wurde zur Gänze unsteuerbar, also manövrierunfähig, als mein Schwager es „hinten", wo das Steuer und der Motor waren, mit einem Seil an einem Poller festband – „belegte" würde zu professionell klingen. Vorne war es frei, doch lenken kann man eben nur hinten. Und wir drifteten vorne auf die gegenüberliegende Kaimauer zu. Der Selbstbehalt war 3.000,- €. Ich schrie: „Mach es los!!!". Mein Schwager war es nicht gewohnt, dass ich oder irgendjemand ihn im Kommandoton anschrie. Er warf die angebundene Leine weg, drehte sich um und verschwand mit dem stolzen Schritt eines Zehnkampfathleten, der er war. Unsere Buben retteten die Situation, sie lösten die Leine, warteten, bis ich das Boot längs an den Kai legte und belegten es zuerst am Bug (vorne) und erst danach am Heck (hinten). Wir waren in Sicherheit.

Und zwei Familien aßen getrennt zu Abend.

Später lernte ich, dass meine legale Autorität kraft der Position Skipper mir nicht zur legitimen Position kraft Persönlichkeit verholfen hat.

Das dicke Ende kam noch: Die Familie verurteilte mich, weil ich meinen Schwager angeschrien habe.

Die rationalen Erklärungsversuche „Lärm durch Starkwind macht Schreien notwendig" und „Kommandosprache ist ohne Lautstärke nicht möglich" brachten nichts. Auch Beispiele, wie es nicht geht, aus der Welt der Feuerwehr („Bitte bring mir doch den Schlauch!") und des Roten Kreuzes („Bitte mach du doch die Mund-zu-Mund-Beatmung!), halfen mir nicht weiter:

Ich hatte die familiäre Hierarchie missachtet. Ich blieb unten.

Dafür habe ich eine Lektion erhalten. Alles ist ein Geschenk. Zumindest für meine authentische Arbeit als Trainer.

4 Autoritär
Die Tugend der Sozialdienste

Müssen wir Ziele vereinbaren oder „dürfen" wir sie auch vorgeben? Selbstverständlich dürfen wir Ziele vorgeben. Autoritär, direktiv – in dem Sinne von „Einer entscheidet und teilt mit".

Die zu beantwortende Frage: wann – in welcher Situation?

In sozialen Organisationen ist es ganz normal, dass eine/er sagt, was zu tun ist, wie z.B. bei der Rettung oder bei der Feuerwehr. Oder auch im Operationssaal, in der Küche oder auch im Sport. Da wird autoritär angewiesen, befohlen, gesagt, was zu tun ist: „Skalpell! Tupfer!" – ohne Bitte. „Die Zwiebel schneiden!" „Antreten!".

Immer dann, wenn Klarheit verlangt wird und die Ressource Zeit gering ist, schalten wir um auf autoritär – einer entscheidet und teilt mit.

Wie geht es Ihnen, wenn Sie das Wörtchen „autoritär" hören, ist das positiv oder negativ besetzt? Wir wissen, dass die Mehrzahl „negativ" sagt. Es rührt daher, dass wir in Zeitungen „Autoritäres Regime" lesen, wenn eine Diktatur gemeint ist.

Worin unterscheidet sich eine autoritäre Führungskraft, die alleine entscheidet und sagt, was zu tun ist, von einem Diktator, der ebenso alleine entscheidet und sagt, was zu tun ist?! Diktator kommt von dicere, sagen. Das ist ja noch nicht schlecht. Der Unterschied zwischen autoritär und diktatorisch ist die Angst. Der Diktator steuert mit Angst. Der/die EinsatzleiterIn bei der Rettung, Feuerwehr, der/die Arzt/Ärztin im OP, der Küchen-Chef/Maitre oder der Trainer im Sport arbeitet nicht mit Angst. Er alleine entscheidet und sagt, was zu tun ist.

Und so tut das auch die verantwortungsvolle Führungskraft, die alleine die Letztverantwortung trägt. Immer nur eine/r hält letztendlich den Kopf hin.

Das macht eine Führungskraft aus, die über legitime Autorität verfügt, die kraft ihrer Persönlichkeit ein Vorbild ist: Sie entscheidet, teilt mit und trägt die Verantwortung.

Meine Schlüsselerfahrung als Trainer

Ich entscheide alleine, also autoritär und sage ebenso autoritär, was die Teilnehmenden zu tun haben: „Für die folgende Übung nehmen Sie bitte ein Kärtchen und den vorbereiteten Filzstift!"

Interessanterweise merkte ich bald, dass mein Verhalten nicht als autoritär eingestuft wurde. Ich wurde als kooperativ, demokratisch, partnerschaftlich, einfühlsam wahrgenommen.

Es liegt wie immer am Ton und an dem kleinen Wörtchen Bitte.

5 Leistungskultur
"Alle Menschen wollen Leistung bringen."

Geht Leistung ohne eine humane Kultur?

Ja, das geht, siehe z.B. China. Leistung geht auch ohne Menschenrechte, ohne Würde. Diese Frage nach Leistung ohne oder mit Kultur/Humanität ist keine ökonomische Frage, sie ist eine Frage der Ethik. Darin unterscheidet sich die konfuzianische Kultur von der christlich-griechisch-hebräischen. Darin unterscheiden sich Geisteshaltungen, die faschistoide Systeme "pflegen", von solchen, die den Menschen als wichtiger betrachten als den Systemerhalt. Darin unterscheiden sich Kulturen, die das Wohlbefinden der Masse zum Ziel haben, von solchen, denen es um das Individuum geht. Geht es um die Herde oder um das eine Schaf?

Christen kennen die Antwort.

Es geht um die Würde des Einzelnen.

Meine Schlüsselerfahrung als Vater

Schon bei ganz kleinen Kindern können wir sehen, wie stolz und glücklich sie sind, wenn sie etwas können. Mit ihren Pampers-O-Beinchen kommen sie freudig erregt auf uns zu und halten uns etwas entgegen – sie wissen, wie wir reagieren: Wir lächeln sie an und sagen auch noch mit Schmelz in der Stimme: "Oooh, was bringst du mir da?! Bist du toll!".

Sie erhalten Lob, Bewunderung, Streicheln, Wärme, Lächeln. Davon wollen sie ab jetzt mehr.

Später in Seminaren werden sie hören, dass wir sie "positiv konditioniert" und "intrinsisch motiviert" haben. Ist unsere fachliche Erwachsenen- und Expertensprache nicht zu versachlicht und so auch entmenschlicht und endlich zu entrümpeln?! Warum reden wir nicht so, dass es auch unsere Kinder verstehen und begreifen. Bevor ich zu tief in den Seitenast einsteige ... Warum nimmt dieses „Ich zeige euch, Papa und Mama, wie toll ich bin! – Und wir sind begeistert und entzückt" an Häufigkeit ab? Meine Beobachtung und Erfahrung: Die Kleinen kommen zu früh mit Erwachsenen in Berührung.

Das hat schon Antoine de Saint-Éxupery erkannt: „Der kleine Prinz – als Kind – sucht laufend „Menschen" – und er findet Erwachsene. Kein einziges Mal trifft der kleine Prinz auf ein Kind. Er sucht Halt und Anleitung – immer wieder, bis zum Schluss". Und Éxupery weiter: „So habe ich im Laufe meines Lebens mit einer Menge ernsthafter Leute zu tun gehabt. Ich bin viel mit Erwachsenen umgegangen und habe Gelegenheit gehabt, sie ganz aus der Nähe zu betrachten. Das hat meiner Meinung über sie nicht besonders gutgetan".

Ernste erwachsene Menschen erzeugen keine Wärme.

Und 30 Jahre später schreiben die ehemaligen kleinen Prinzen in Workshops auf Moderatorenkärtchen die immer wiederkehrenden Worte „Wertschätzung" und „Respekt" auf die Frage „Wie wollen wir miteinander umgehen?"

Alle wollen das: Wertschätzung und Respekt.
Wir alle wollen schlussendlich geliebt werden. Und dafür wollen wir alle gerne auch Leistung bringen.
So einfach ist das. Unter Kindern.
Warum verlernen wir das und werden „erwachsen"?
Weil wir von Erwachsenen lernen und nicht von unseren Kindern. In der Welt der Erwachsenen bekommen wir für eine gute Leistung manchmal Anerkennung, selten Bewunderung, niemals Liebe – jedoch mit Sicherheit Neid, die höchste Form der Anerkennung unter Erwachsenen. Das Muster „Liebe für Leistung" funktionierte in der Welt der Kinder. Ich hatte das Glück, Liebe sogar ohne Leistung zu bekommen: Mein erstes Fahrrad, ein Puch S70 habe ich von meinem Vater geschenkt bekommen, weil Frühjahr war und die Sonne geschienen hat. Und weil er mich liebte und nicht, weil ich eine besondere Leistung erbracht habe.

Eine Studie aus Yale wollte mit einer Testreihe feststellen, ob wir Menschen von Geburt an grausam sind. Das Ergebnis: Wir Men-

schen sind als Kinder bis zum sechsten Lebensmonat auf Helfen eingestellt, also auch sozial für andere da. Man könnte sagen, dass da auch Leistung erbracht wird, jedoch eine soziale. Wir bevorzugen aus Prinzip die „kooperierenden Unterstützer" und nicht die „konkurrenzierenden Zerstörer". Mit zwölf Monaten sieht es schon anders aus: Bereits 20 % wählen den konkurrenzierenden Zerstörer (siehe dazu Utube Kiley Hamlin, Yale University). Der Kern unseres Wesens ist Kooperation und nicht Grausamkeit. Das Gute ist in uns angelegt, das Böse wird durch Nachahmung erlernt.

Die positive Nachricht: Alles, was wir erlernen, können wir auch verlernen.

6 Vertrauen
„Der Mund kann lügen, der Körper nicht."
Samy Molcho

Nicht wenige Führungskräfte geben sich als Anhänger von Lenin zu erkennen, der sagte: „Vertrauen ist gut, Kontrolle ist besser." Was für eine menschenverachtende Einstellung!
Wir meinen: „Vertrauen ist gut, Kontrolle ist notwendig."

Kontrolle ist notwendig, weil Lob und Anerkennung setzen voraus, dass wir den/die Mitarbeiter/in bei Gutem erwischen. Manche verbinden Kontrolle jedoch nur mit dem Entdecken von Schlechtem, Verbesserungswürdigem, Fehlerhaftem.

Um uns selbst kennen zu lernen, ist es hilfreich, zu beobachten, ob wir defizitorientiert sind, also nach Fehlern suchen oder ob wir bei anderen gute Leistungen finden wollen.

Es ist eine Frage des Charakters:
„Mag ich jemanden nicht, weil er nichts kann, oder kann er nichts, weil ich ihn nicht mag?" Gehen wir von Letzterem aus.

Menschen werden klein, wenn wir sie klein machen. Und sie werden groß, wenn wir sie groß machen.

Der Arbeitsauftrag für unsere Kulturarbeit, den wir Rupert Lay verdanken:
„Wir wollen, dass Menschen im Umgang miteinander größer werden."

Eine Empfehlung:
Machen Sie einen Tag lang Jagd auf die Menschen in Ihrem Umfeld. Machen Sie Jagd nach Gutem. Und sagen Sie es Ihnen. Sie werden groß werden. Die anderen und Sie selbst auch. Und Sie werden von der „Bilanz" überrascht sein: Sie werden mehr Gutes als Schlechtes finden.

Meine Schlüsselerfahrung als angehender Trainer

Als mein Mentor Rupert Lay SJ, Psychoanalytiker und Berater von vielen Vorständen bis zu Staatspräsidenten mir angeboten hatte, für sein Institut als Trainer zu arbeiten, war ich noch unsicher: „Da komme ich jeden zweiten Tag mit wildfremden Menschen zusammen …"

Rupert: „Magst Du Menschen?"

Ich: „Nicht alle."

Rupert: „Mögen musst Du sie ja nicht, aber lieben."

Ich: „Ich weiß, lieben heißt, das Sein des anderen wollen – selbst dann, wenn ich ihn nicht mag. Wie soll ich das schaffen?"

Rupert: „Ganz einfach. Du beobachtest sie am besten im Hotelfoyer und teilst sie ein in a. Mag ich, b. Mag ich nicht und c. Ist mir egal. Und dann ergründest Du, warum Du den einen, mit dem Du noch nicht einmal gesprochen hast, nicht magst und warum Du den anderen, mit dem Du auch noch nicht einmal gesprochen hast, magst.

Du wirst sehen, wenn Du Deine Bewertung ‚Mag ich/Mag ich nicht' oder das archaische ‚Ist mir sympathisch/unsympathisch' rausnimmst, wirst Du selten erkennen, was es ist, dass Du das Bedürfnis nach Nähe oder Distanz verspürst."

Ich: „Und das ist die Voraussetzung, dass ich mit ihnen arbeiten kann – wertfrei?"

Rupert: „Ja. Menschen spüren Deine Einstellung. Der Mund kann lügen, der Körper nicht. Wenn sie spüren, dass Du sie nicht magst, dann werden sie Dich auch nicht mögen. Gefühle springen über. So kann kein Vertrauen entstehen. Und auch keine Sympathie. In einem Feld von Antipathie ist Überzeugen und Führen nicht möglich. Deine Aufgabe ist, für die Menschen da zu sein. Und sie spüren zu lassen, dass sie Dir wichtig sind. So kommst Du von der Antipathie zur Empathie. So wirst Du ein Klima des Vertrauens schaffen."

Das war wohl die wichtigste Lektion für meinen neuen „Job".

Ich freue mich jeden Morgen auf alle Menschen.

Es soll uns gut gehen miteinander.

7 Zutrauen
„Zutrauen heißt Mut haben."

Meist sprechen wir von Vertrauen, wenn wir Zutrauen meinen.

Meine Schlüsselerfahrung als Abwägender zwischen beruflich und privat

Wenn ein Installateur zu uns kommt, um im Badezimmer etwas zu reparieren, nehme ich das Geldtascherl im Vorzimmer weg und lasse ihn alleine ins Badezimmer. Ich traue ihm die Reparatur zu, aber ihm zu vertrauen schaffe ich (noch) nicht.

Kommt mein Sohn zu uns, lasse ich das Portemonnaie im Vorzimmer liegen, weil ich ihm vertraue, da ich weiß, dass er mich noch niemals bestohlen oder etwas „kurz ausgeliehen" hat – ich bitte ihn jedoch, die Reparatur im Badezimmer nicht zu versuchen, weil ich ihm das nicht zutraue. (Bitte um Verzeihung, Andreas).

Vertrauen ist eine personale Größe, Zutrauen hingegen eine funktionale.

Wir müssen im Berufsalltag funktionieren.

Leichter tun wir uns jedoch in einer Atmosphäre des Vertrauens.

Was bedeutet „eigentlich" Vertrauen oder vertrauen?

Vertrauen heißt glauben. Glauben heißt für wahr halten, ohne zu wissen. Ohne Z.D.F., ohne Zahlen, Daten, Fakten, ohne Beweise.

Für Ihr Alltags-Exerzitium, also eine Übung, die Sie ganz ohne ein „Retreat" in einem Seminarhotel oder in einem Kloster machen können:

Prüfen Sie:
a. Wem glaube ich?
b. Wer glaubt mir?

Machen Sie das in einer 360-Grad-„Beurteilung". Beginnen Sie mit a., weil b. kann verunsichern oder gar schmerzvoll sein. Und durchforsten Sie einmal die firmeninternen Anweisungen auf Vertrauen bzw. Zutrauen. In der zielorientierten Welt eines Betriebes regiert meist die Funktionalität des Zutrauens. Das ist gut so – wenn da auch noch Platz für Vertrauen ist.

Vertrauen und Zutrauen verlangen von uns Mut. Vertrauen und Zutrauen gelingen leichter, wenn wir den Mut aufbringen, loszulassen, den anderen machen lassen, selbst wenn wir nicht wissen, was daraus wird. So kann Mitarbeiterentwicklung gelingen. Führungskräfte brauchen Mut. Mut, die Zügel lockerzulassen – nicht die Zügel loszulassen, sie wegzuwerfen. Wir haben die Zügel immer in der Hand, weil wir die Verantwortung tragen.

8 Klugheit
**„Die meiste Zeit geht dadurch verloren,
dass nicht klar zu Ende gedacht wird."**

Dieses Zitat ist von Alfred Herrhausen, dem großen Mann der
Deutschen Bank. Herrhausen starb 1989 bei einem gegen ihn
gerichteten Bombenattentat der RAF.

„Klar zu Ende denken" hieß bei Aristoteles Klugheit. Sie war neben der Tapferkeit, Mäßigung und Gerechtigkeit eine der vier
Kardinaltugenden (cardo ist Türangel, Angelpunkt).
    Klug ist also, wer überlegt, was am Ende rauskommt.
    Weise ist, wer es weiß.

Wir können nicht erwarten, dass eine Führungskraft weiß, was
rauskommt – dass sie also weise ist. Wir können aber schon erwarten, dass sie klug das Ende bedenkt.

Meine Schlüsselerfahrung
als Budgetverantwortlicher

*Wenn ich in Paris das Budget präsentierte, musste ich nicht nur er-
klären, was ich erreichen will, sondern vor allem wie wir es erreichen
wollen. Und am Ende der Präsentation musste ich noch erklären, was
ich zu tun gedenke, wenn wir in den jeweils ersten drei Quartalen
nicht auf Kurs sind.*

*Das war heavy! Soeben noch im optimistischen, besten amerika-
nischen Positive-Thinking-Modus musste ich mein Kind, das Budget
auf Schwachpunkte abklopfen. Vom Optimismus zum Realismus.*

Also weg vom motivierenden „Das schaffen wir!" hin zum „Was
machen wir nun, wenn das Geplante nicht mehr geht!". Das kann
psychisch-mentale Schmerzen verursachen, Widerstände her-
vorrufen. Da musste ich durch. Rigoros.

Noch eine Schlüsselerfahrung
für Klugheit aus dem Spitzensport

Von Reinhold Messner habe ich gelernt, nicht nur den Aufstieg zu planen. Er sagte zu mir: „Ich bin kein Abenteurer, sondern ein Unternehmer."

Unternehmer kennen den Break-even-Point. Abenteurer schauen, ob es geht – und vergessen den Rückzug. Schaumamal ... klingt irgendwie nach Inshallah – so Gott will. „Klar zu Ende denken" und wir werden nicht überrascht und weniger enttäuscht werden. Und sollten wir enttäuscht werden, dann wissen wir: Wir sind nun frei von Täuschung. Weil wir nicht klar zu Ende gedacht haben.

9 Ermutigen
„Keiner bleibt klein, der Vertrauen in seine Entwicklung erfährt."

Meine Schlüsselerfahrung als Berater im Kloster

Der Abt des Klosters und ich bereiteten einen Workshop für einen Kunden vor, der den Wunsch verwirklichen wollte, benediktinisches Gedankengut in sein Unternehmen zu bringen. Die Besprechung zwischen dem Abt und mir war für 09:00 bis 10:00 anberaumt und mir war erlaubt worden, mich innerhalb der Klostermauern teilweise frei zu bewegen. Und auch im Büro des Abtes zu warten. Punkt 09:00 kam er mit der Bitte „Geben Sie mir bitte noch 5 Minuten. Ich muss noch runter in die Küche und Schwester Miriam ermutigen." Ich dachte mir noch nichts dabei.

Am nächsten Tag – ich war wieder vor dem Abt in seinem Büro – rief er mich an: „Peter Gruber, wir haben die Dachdecker aus Bayern im Klosterhof. Ich muss sie noch kurz ermutigen. Bitte haben Sie Verständnis. In zehn Minuten bin ich bei Ihnen." Ich dachte mir: „Gestern ermutigte er Schwester Miriam, heute ermutigt er die Arbeiter. Was macht er da?"

„Lieber Pater, Sie waren zweimal ermutigen. Was machen Sie dabei?", fragte ich zu Beginn.

Der Abt: „Ach nichts."

Ich: „Nichts … gestern haben Sie ermutigt, heute haben Sie ermutigt. Das kann doch nicht nichts sein?!"

Der Abt: „Es ist ganz einfach. Ich ging zu Schwester Miriam, und fragte, ob sie alles hat, was sie braucht und ob ich noch etwas für sie tun kann. Und heute bei den Dachdeckern aus Bayern fragte ich, ob sie eine Brotzeit haben und ob auch ein Bier dabei ist (Bier ist d a s Hauptnahrungsmittel eines bayrischen Mannes und deshalb bei der Arbeit erlaubt)."

Ich: „Und das ist alles?"

Der Abt: „Ja, das ist alles."

Ich: „Dann fasse ich zusammen: Ermutigen heißt hingehen und fragen, ob einer was braucht. Also, wenn das so einfach geht, dann braucht man für „Das Ermutigen" kein eigenes Seminar."

Später entdeckte ich in der Regula Benedicti an fünf Stellen das Wort und den Appel „Ermutigen".

Das Wichtigste zwischen uns Menschen ist das Einfachste: Geh hin, schau ihm (steht für der Mensch) in die Augen und höre ihm zu. Sei einfach da und bei ihm.

10 Einfachheit
Die Goldene Regel von ALDI

„Welche zwei Formulare ersetzt dieses eine?"

Meine Schlüsselerfahrung als junger „Herr Magister"

Diese Frage stellte mir der Geschäftsführer bei Hofer/ALDI, mir, dem jungen Bezirksleiter, der soeben als frischgebackener „Herr Magister" sein Wissen aus dem Studium der Organisationslehre einbringen wollte.

Mir wurde damals nicht bewusst, dass ich gerade am Wesenskern des Diskonters teilhaben durfte: Einfachheit. Obwohl der einfache Satz des Geschäftsführers für Klarheit sorgte: „Wenn das neue Formular nicht zwei ersetzen kann, dann brauchen wir es nicht."

Ich wusste auch noch nicht, dass die Einfachheit das war, auf der das Vertrauen der Kunden gründete und damit die Kunden-Treue.

Eine weitere Schlüsselerfahrung in meinem ersten Job

Hofer machte auch keine „Werbung", wenn es in den Zeitungsinseraten hieß: „Hofer informiert". Hofer war nicht nur einfach. Hofer war auch schlau, wenn er die übliche Werbung durch klare Information verbarg.

Das Vertrauen führte in der Umstellungsphase zum Euro in drei Jahren zu einem Umsatzplus von 15 %, während die Konkurrenz Einbußen hinnehmen musste. Die Kundinnen und Kunden vertrauten darauf, dass der Diskonter ehrlich von ÖS/DM in Euro umrechnet.

Vertrauen bringt Geld.

ALDI hatte in den 1970ern auch keine klassischen Berater, sie setzten auf Soziologen wie Fritz Luhmann und Philosophen wie Rupert Lay SJ. Luhmann legte die Basis für die Einfachheit mit dem Lehrsatz:

„Vertrauen ist eine Funktion der Reduktion von Komplexität."

Die Reduktion von Komplexität steht für Einfachheit. Für mich ist es „Das Luhmann-Paradoxon", Einfachheit derart kompliziert zu formulieren.

Einfacher schlage ich vor: Einfachheit schafft Vertrauen.

Und noch eine weitere Schlüsselerfahrung zur Einfachheit

Mein Mentor, der Philosoph Rupert Lay hat Aldi unter anderem im Marketing beraten. Er ist im LKW mitgefahren und als er erkannte, dass auf der Landstraße hinter ihnen sich eine Kolonne bildete, sagte er: „Fahren Sie auf die Ausweiche!" Die Autofahrer spürten die Freundlichkeit den Kunden gegenüber. Statt des Satzes auf der Rückwand „Wir bringen, was Sie brauchen".

So einfach geht's.

11 Kooperation
Das Grundbedürfnis eines gesunden Menschen

„Willst du, dass Menschen handeln, so kooperiere mit ihnen."

Kooperation erzeugt in uns das Handlungshormon Dopamin. Konkurrenz hingegen produziert Cortisol. Konkurrenz haben wir im Außen, im Markt.

Innerhalb der eigenen Organisation tut zwar ein gewisses Maß an konstruktivem Wettbewerb gut, er spornt uns an. Solange er nicht zu destruktiver Konkurrenz degeneriert. Um im Team-Modus zu arbeiten, brauchen wir Konkurrenz ganz sicher nicht. Ich wundere mich immer, wenn Unternehmen Schlagfertigkeitsseminare buchen und sie sich dann wundern, wenn die MitarbeiterInnen in Sitzungen nach allen Regeln der unfairen Dialektik aufeinander losgehen und das Problem ungelöst im Sitzungszimmer übrigbleibt.

Unternehmen sind Problemlösungsanstalten – und sonst nichts.

Ganz sicher sind sie nicht dazu da, die Energien für die Kunden in internen schwarzen Löchern zu vernichten.

Meine Schlüsselerfahrung
„Kooperations- vs. Konkurrenz-Modus"

Mein damaliger Hauptkunde aus der Energiewirtschaft war in der Vorbereitung eines acht-modularen Führungslehrgangs. Vier Module waren für Managementmethoden vorgesehen und die anderen vier Module für Persönlichkeitsentwicklung/PE. Der Vorstand hat „für sich" entschieden, dass die PE-Module durch mich abgedeckt werden sollen. Das Problem: Ein zweiter Anbieter aus der Schweiz wollte nach dem Muster des Buches seines Eigentümers „Führen Leisten Leben" alle acht Module alleine bestreiten. Auch wenn der Vorstand bereits „für sich" entschieden hatte, dass die acht Module aufgeteilt werden, so wollte er, dass auch die Schweizer mit der Aufteilung einverstanden sind. Und man hat mich gebeten, dass ich den Schweizer Konkurrenten in einer gemeinsamen „Kampf-Präsentation" vom Kooperationsmodell überzeuge. Es war zwar ein eigenartiges Ansinnen, aber „ich mag so etwas", eine meiner Kernkompetenzen „Überzeugungsdialektik" praktisch anzuwenden.

Im Showdown kamen wir zu dem strittigen Punkt: Ist „Leistung ohne Würde" vertretbar oder ist „Leistung mit Würde" eine Bedingung, ohne die es nicht geht (also eine conditio sine qua non).

Mein Gegner meinte: Wenn das Unternehmen vor dem wirtschaftlichen Abgrund steht, geht es ausschließlich um Geld, da ist für Würde kein Platz.

Ich warf ein: „Woher haben Sie denn das!?"

Ich setzte meine Überzeugung dagegen, dass nichts ohne Würde geschehen darf, da wir doch auf dem Boden der Menschenrechte arbeiten. Und ich zog das Herzass meiner einschlägigen Erfahrung: die Schließung der Fabrik Infineon in Perlach, die ich als Coach des Werkleiters begleiten durfte. Das Ziel war: das Werk menschenwürdig zu schließen. Ich erläuterte unseren Weg und die Methode der Hochschaubahn der Gefühle: Nach der Phase der kollektiven Gefühlslähmung nach Verkünden des „Ramp down" folgte die Phase der Aggression. Und dann bewältigte man unter Begleitung eines Psychologenteams die Trauer-Phase. In Workshops ließ man die Belegschaft ihre Trauer artikulieren. Die meisten Unternehmen überspringen diese Phase der Trauerarbeit. Erst nachdem diese Trauerarbeit erfolgt war, ging man dazu über, an neuen Perspektiven zu arbeiten.

Nach diesem konkreten Beispiel forderte ich nicht nur „Leistung mit Würde", sondern „Leistung d u r c h Würde".

Ich habe den Zuspruch für die vier PE-Module erhalten. Und wir haben uns geeinigt, dass wir ab jetzt die Konkurrenz zwischen der Schweiz und mir ausschließen und auf Kooperation im Sinne des Auftraggebers umschalten. Wir haben es tatsächlich geschafft: Leistung erbringen in guter Zusammenarbeit und mit Würde.

Noch kurz zur Gesundheit: Ein Zuviel an Cortisol ist unter anderem erkennbar an Schweißausbrüchen während der Nacht und bei Männern an den Ringen um den Bauch.

Wichtig: Dopamin und Cortisol schließen sich gegenseitig aus. Wenn wir von Cortisol „überflutet" werden, haben wir kein Dopamin. Wir handeln zwar, aber nicht freiwillig, sondern unter Druck. Wir sind dann überfordert und wir fliegen aus dem Korridor des Flows. Wir arbeiten dann ohne Freude.

Führungskräfte erkennen das. Sie haben zwei Möglichkeiten: den Grund der Überlastung zu reduzieren oder die Fähigkeiten derer, für die sie die Verantwortung tragen, zu entwickeln. Kurzfristig wird nur die erste Option funktionieren.

Führen wir also uns und unsere Mitarbeitenden im Modus der Kooperation und steigern wir so die Freude und damit unser aller Leistung!

12 Antipathie
Eine Quelle für Selbsterkenntnis

„Wenn ich der Kraft in Führungs-‚kraft' genügen möchte, muss ich Antipathie und Sympathie am Morgen an der Garderobe abgeben. Sonst wäre ich eine Führungsschwäche statt einer Führungsstärke."

Wir wissen, dass es natürlich nicht geht, Gefühle an der Garderobe abzugeben. Es geht jedoch schon, Gehörtes aus den Seminaren zur Persönlichkeitsentwicklung anzuwenden. z.B. „Es ist nicht wichtig, Menschen zu motivieren. Wichtiger ist, Demotivation zu vermeiden" (Rupert Lay, „Führen durch das Wort").

MitarbeiterInnen, die meine Antipathie spüren, werden sich nicht wertgeschätzt fühlen. In j e d e m Workshop zu einem menschlichen Miteinander steht auf den Pinnwandkärtchen „Wertschätzung", gleich neben dem Respekt und der Toleranz. Sie ist wohl einer der großen Gemeinplätze – von allen gewünscht, selten gelebt.

Es wäre der erste Schritt, sich einmal klar zu werden, wen ich nicht mag – und auf diesen zuzugehen, mit Wohlwollen.

Wirkt Wunder!

Selbst derjenige (gegendert für „der Mensch"), den ich nicht mag, hat irgendwen, der ihn mag. Der Beweis ist erbracht: Meine Antipathie hat nichts mit dem anderen zu tun, sondern ausschließlich mit mir – mit meiner Wahrnehmung, meinem Konstrukt, meinem Phantombild.

Ich weiß, diese psychische Tatsache ist unangenehm, entzaubert sie doch die lieb gewonnene Projektion: „Die eigenen Unzulänglichkeiten bei anderen lustvoll bestrafen." Das machen wir, damit wir uns nicht selbst bestrafen müssen, denn unser Gewissen, das starre, verlangt: Strafe muss sein, wo Schuld ist.

Und da unsere Psyche, die schlaue, die Aufgabe hat, unsere Lust zu steigern und Unlust zu vermeiden, sucht sie jemanden in der Umgebung, den wir lustvoll bestrafen können. Wir erkennen die starken Erziehungssignale unserer defizitorientierten Kultur: „Meine Schuld, meine große Schuld, meine übergroße Schuld."

(Denjenigen bestens bekannt, die in die katholische Messe gehen.)

Wo spüren Sie die Schuldgefühle, wo empfinden Sie die Gewissensbisse (unser Gewissen beißt uns)? In der Brust muss es sein, bei der Thymus-Drüse, dort bekommen wir den Knödel (dt. den Kloß) des schlechten Gewissens. (Thymus, altgriech. Erregung, Lebenskraft, daraus wurde auch der Thymian. Die Thymusdrüse ist das Bries). Unser Bries wächst in der Jugend und nimmt im Alter ab, dennoch ist es existent. Haben Sie schon gesehen, wie unsere Skispringer sich am Absprungbalken auf die Brust klopfen?

Dieses Erkennen meiner Projektionen über meine Schuldgefühle und Gewissensbisse kann zu meiner Persönlichkeitsentwicklung beitragen:

Erkenne Dich selbst in Deinen Projektionen! Das macht uns Führungskräfte aus, denen es zuerst wichtig ist, sich selbst zu führen.

Meine Schlüsselerfahrung als Kulturarbeiter

Wir haben den Zuschlag zur Begleitung der größten Fusion in Österreich erhalten. Und es ist gelungen, dass nach acht Jahren bestätigt worden ist, dass aus zwei Unternehmen nicht nur organisatorisch eins geworden ist, sondern auch kulturell. Es ist also um viel gegangen, als ich spürte, dass eine der wichtigsten Personen des Auftraggebers mich oder etwas an mir nicht mochte. Ich habe um ein persönliches Gespräch gebeten. Nach dem höflichen Empfang fragte mich mein Gesprächspartner, um was es ginge. Ich antwortete: „Um etwas Persönliches – ich habe das Gefühl, dass Sie mir gegenüber Antipathie empfinden." Er antwortete sofort, eine Spur zu schnell: „Nein, ganz sicher nicht. Ich schätze Sie und unsere Zusammenarbeit." „Dann ist es gut", antwortete ich. „Weil dieses große Projekt, wo die zwei zu fusionierenden Parteien sich teilweise nicht nur als Gegner gegenüberstehen, sondern manche die anderen sogar als Feinde sehen, müssen wir eng und gerne zusammenarbeiten."

Er bekräftigte meine Worte und die folgenden acht Jahre arbeiteten wir in einer wohltuenden Stimmung der gegenseitigen Achtung.

Früh besprochen, früh geklärt.

13 Sym- und Empathie
Ohne Stress ganz einfach – mit Stress nicht möglich

„In einem Antipathie-Feld ist Führen nicht möglich.
Wie schaffen wir Sympathie, das Bedürfnis nach Nähe?"

„Den mag ich, den mag ich nicht" – dieses archaische Muster –
gilt es, zu überwinden.
Es führt uns oft direttissima in die Antipathie, in das Bedürfnis nach Distanz.

Erst seit Kurzem ist nachgewiesen, dass wir im Sekundenbruchteil-Bereich bei einer fremden Person spüren, ob sie lügt. Archaisch ist dieses Überlebensschema in uns angelegt: Sym- versus Antipathie oder Freund-Feind. Zum Überleben in der Wildnis war dieses Schema sinnvoll und zweckmäßig. Sind unsere Betriebe eine gefahrvolle Wildnis, wo der berüchtigte und oft zitierte Säbelzahntiger lauert?

Diese Erkenntnis, dass wir gleich zu Beginn des Kennenlernens den Lügner erkennen, schmerzte mich. Ich wollte als „vernünftiger und aufgeklärter Mensch" frei von Vorurteilen einem Menschen begegnen. Und der – aufgeklärt – gelernt hatte, dass unsere Erfahrungen uns meist in Wahrnehmungsgefängnisse führen oder aus ihnen entstehen.

Wie viel Energie könnten wir sparen und für unsere Produkte und Dienstleistungen einsetzen, wenn wir b e t r i e b s i n t e r n dieses primitive Freund-Feind-Schema, das „Mag ich/mag ich nicht-Muster" eliminieren würden. Wenn wir in Sitzungen nicht das Auftauchen des Säbelzahntigers fürchteten.

Unsere Aufgabe ist – in allen Organisationen, egal ob in Profit- oder Non-Profit-Organisationen und auch in NGOs –, die

Probleme unserer Kunden zu lösen. Denn wenn es uns gelingt, deren Probleme zu lösen, dann meistern wir auch deren Herausforderungen. Es geht immer und nur um das eine: Es geht um das Füllen von Lösungsvakuums.

Es geht ganz sicher nicht darum, in Sitzungen Mehrheiten für die eigene Meinung zu erzielen. Damit wird meist nur ein Problem gelöst: die eigene Macht zu stärken. Dadurch wird selten das Problem des Kunden gelöst. Das bleibt nicht selten einsam und ungelöst im Sitzungszimmer übrig.

Noch einmal: Organisationen sind Problemlösungsanstalten. Für nichts anderes sind Organisationen gedacht als dafür, die Wünsche der Kunden zu befriedigen, deren Erwartungen zu erfüllen oder sie mit gänzlich Unerwartetem zu überraschen – Beispiel: „das Wischen" beim iPhone. Das war kein Bedürfnis, kein Need, keine Erwartung. Von diesem Wunder wussten wir alle nichts. Steve Jobs hat die Energien in die Entwicklung gelenkt. Er hat genussvoll in den Apple gebissen.

Und für all das ist nicht einmal die Sympathie ausreichend. Zwischen der Sympathie und der Antipathie gibt es noch eine dritte „Pathie": die Empathie. Sie enthält die Botschaft von demjenigen, dem wir die Bergpredigt verdanken: Sei für die anderen da!

Das Vermögen, für andere da zu sein, setzt voraus, sich in andere einzufühlen. Und das setzt voraus, dass wir nicht unter Druck stehen, dass wir frei sind von Stress.

Die neueste Gehirnforschung hat gezeigt, dass gestresste Menschen über keine funktionierenden Spiegel-Neuronen verfügen, die für das Spiegeln der Gefühle verantwortlich sind: Wenn Du gähnst, dann gähne ich. Und Lachen erzeugt Lachen, und ein Lachen wird nur erwidert von Personen, denen ich sympathisch bin – ein untrüglicher Beziehungstest. Damit können wir herausfinden, „ob etwas geht oder nicht". Erhalte ich ein Lächeln, dann kann es was werden. Wenn mir nicht zugelächelt wird, dann geht nichts. Monaco Franzi pflegte zu sagen: „A bissl was geht immer" – aber nicht in der Situation.

Meine Schlüsselerfahrung als Verhaltenstrainer

In einem Kurs waren zwei Teilnehmende, eine Frau und ein Mann, beide verheiratet, jedoch nicht miteinander. In der Gruppe von 25 Personen saßen sie vis-à-vis in ca. 4 m Entfernung. Als ich durch irgendeine Geschichte die Menschen zum Lachen brachte, bemerkte ich, dass sie sich anblickten und gemeinsam lachten. Ein untrügliches Zeichen für Sympathie – oder mehr.

Das Muster ist immer dasselbe: Wenn ein Witz erzählt wird, Pointe – falls vorhanden –, verstanden, dann noch verhaltenes Lachen, danach Blickkontakt mit der Person, die man mag und dann der Mimik-Check „ich lustig – du auch lustig" und dann erfolgt der Ausbruch „großes Lachorchester".

Als ich nach dem Seminar den Weg zum Bahnhof einschlug, gingen die zwei vor mir. Und beim ersten Eingangstor bogen sie ab, in den Hausflur, wo sie sich umarmten.

Ich schmunzelte, weil ich in meiner Beobachtung und Schlussfolgerung bestätigt wurde. Und ich erlebte wieder, dass ich meinen Beruf liebe. Es macht richtig Spaß, Verhaltensmuster zu erkennen und in der Praxis anzuwenden.

Und ich möchte ein weiteres Schlüsselerlebnis anbieten: das für das Erreichen von Stressstabilität

Seit mehr als 25 Jahren helfe ich meinen Spiegelneuronen mit der 5-Minuten-Kurzmeditation. Fünf Minuten, in denen ich meine Ganglien beruhige und meine Spiegelneuronen vorbereite, die Gefühle der anderen spiegeln zu können.

Wie geht diese einfache Form der Meditation?

Suchen Sie nach der Landschaft, die Ihnen von allen die liebste ist, Ihre Lieblingslandschaft. Lassen Sie sich bei dieser Suche Zeit. Setzen Sie sich auf einen Stuhl. Nehmen Sie mit Gesäß und den Oberschenkeln die gesamte Sitzfläche in Beschlag. Lehnen Sie sich an die Rückenlehne. Legen Sie Ihre Hände auf die Oberschenkel. Ihren Kopf lassen Sie entspannt nach vorne hängen, Ihre Schultern gehen mit, Ihr Rücken krümmt sich. Sie sitzen so, wie ein schlafender Kutscher. Schließen Sie Ihre Augen. Nun atmen Sie bewusst und ruhig. Versetzen Sie sich in Ihren „Lebensplatz", gehen Sie darin herum, spüren Sie die Beschaffenheit des Bodens unter Ihren Füssen, schauen Sie um sich, erkennen Sie Details, Blumen, den Kies, Sand, Schmetterlinge, ... lauschen Sie dem Rauschen der Wellen, den Stimmen der Vögel, ... riechen Sie das Salz in der Luft, den Duft der Blumen, ... fühlen Sie die Sonne auf Ihrer Haut ... Sie s i n d an dem Ort. Lassen Sie sich treiben, verweilen Sie, und wenn Sie spüren, dass Sie ein bisschen fliegen wollen, um das alles von oben sehen zu können, so fliegen Sie. Nach fünf Minuten holen Sie sich zurück: Ballen Sie Ihre Fäuste, spannen Sie all Ihre Muskeln an, strecken Sie dabei Arme und Beine – nun entspannen Sie Ihre Muskeln. Sie werden nun das Rauschen des Blutes in Ihren Ohren hören, und nachdem es verebbt ist, konzentrieren Sie sich auf die Geräusche ... danach riechen Sie bewusst, um anschließend wahrzunehmen, womit Ihre Haut und Ihre einzelnen Körperteile Kontakt haben. Nun holen Sie drei Mal tief Luft und stoßen Sie sie aktiv aus. Jetzt öffnen Sie Ihre Augen und beobachten in Ruhe ihre Umgebung. Danach stehen Sie auf – und verlassen die Toilette, falls das der einzige Ort gewesen war, der Ihnen zur Verfügung stand. Sie werden nun auch eine Antwort auf die Frage haben, warum Toiletten zusätzlich zur Brille auch noch einen Deckel haben. Und die, die vor dieser Übung fliehen wollen mit dem Satz „Ja, aber, wo soll ich denn das tun!?", haben zumindest die ultimative Lösung angeboten erhalten.

Empathie unterstützt Sympathie, das Bedürfnis nach Nähe.
Empathie unterstützt das Führen von Menschen.

14 Aggression
Muster von Gewalt erkennen

„Wir leben in einer aggressiven Gesellschaft. Aufgrund der flächendeckenden Verbreitung dieses Phänomens nehmen wir den pathogenen Zustand nicht mehr wahr." Rupert Lay SJ Psychoanalytiker.

Aggression entsteht durch Angst oder durch Lust.

Auf Sadismus gehe ich hier nicht ein, jedoch auf den häufigeren Auslöser für Aggressivität: die Angst. Angst kommt durch Enge, auch sprachlich erkennen wir die Wurzel. Angst hat, wer sich in die Enge getrieben fühlt. Enge erleben wir immer dann, wenn die Ressourcen knapp werden.

Menschen werden aggressiv, wenn die Ressource Zeit knapp wird oder die Ressource Geld. Und das ist verständlich. Aggressiv werden wir auch bei Ausschluss aus einer Gruppe. Der Psychiater Haller hat uns auch die fatale Wirkung von Verletzungen, Beleidigungen und Kränkungen offengelegt.

Meine Schlüsselerfahrung mit Gewalt-Kommunikation

Oft alltägliche Bemerkungen führen zu Kränkungen:
- *Das hätte ich von Dir nicht gedacht.*
- *Typisch DU!*
- *Kannst Du nicht einmal so sein wie Deine Schwestern.*
- *Kannst Du nicht aufpassen!*

Et cetera, et cetera …
Wir kennen alle solche Worte, die uns klein machen, klein machen sollen. Es sind meist auch Vorwürfe, die wir anderen machen.

Und weil diese geringschätzenden, abwertenden Worte so alltäglich sind, wird uns gar nicht mehr bewusst, wie wir andere im Vorbeigehen verletzen.

Der amerikanische Psychologe Marshall B. Rosenberg reiht das ein unter Gewalt-Kommunikation. Auf Kränkung wird mit Kränkung geantwortet – und die Spirale der Gewalt beginnt sich zu drehen.

Wir alle wollen Wertschätzung und Respekt erfahren. Es sind diese sprachlichen „Kleinigkeiten", diese unbedachten Selbstverständlichkeiten, die uns verletzen, die uns von der Wertschätzung entfernen.

15 Arroganz
Kenne die Angstquellen!

„Kugelfische blasen sich auf, wenn sie Angst haben. Sie machen sich größer, weil sie nichts besitzen, mit dem sie sich verteidigen könnten. Auch die Flucht ist für sie keine Option, weil sie nicht schnell genug sind. Deshalb machen sie sich größer und bekommen auch noch große Glupsch-Augen. Das machen unsichere Menschen auch. Nicht jeder, der „selbstsicher" dasteht, ist sich seiner selbst sicher."

Aufblasen hieß im Althochdeutschen „bosi" – daraus wurde „böse". Böse, angsterfüllte Menschen blasen sich auf. Auch böse, angsterfüllte Unternehmen durch die Angst ihrer Manager.

Was das mit Arroganz zu tun hat? Woran können wir Arroganz erkennen? Die Nase „hochnäsig", Arme und Oberkörper in der Art eines Revolverhelden, ebenso der Gang. Sieht so ein Mensch aus, der in seiner Mitte ist? Steht und geht so ein Dalai Lama?

Wie kann ich einem arroganten Menschen begegnen, wie kann ich ihm seine Angst nehmen? Wenn ich jemanden derart aufgeblasen sehe, bemühe ich mich, mich klein zu machen. Das nimmt dem anderen seine Angst, denn die hat er – sei es Versagensangst, Trennungsangst, Verlustangst, existenzielle Ängste. Arroganz, Präpotenz, Überheblichkeit weisen auf angsterfüllte Menschen hin. Mit so jemandem wird man nur schwer eine Einigung erzielen, sei es im Verkauf, im Überzeugen oder auch im Führen. Angst und Vertrauen schließen sich aus.

Wenn ich einem arroganten, aufgeblasenen Menschen begegne, dann helfe ich mir mit dem Gedanken: „Ach! Wovor hast du denn Angst?" Und meine Antipathie mutiert in Empathie. So einfach geht's.

Meine Schlüsselerfahrung als Trainer

Der Sack an Erfahrungen ist sehr voll angesichts vieler Erlebnisse. Ich greife heraus, was immer und überall geschieht. Folgendes Verhalten von neuen SeminarteilnehmerInnen ist durchgehend zu beobachten: Einige kämpfen um ihre Hackposition – wir sind in der Forming- und Storming-Phase. Die Gruppe formiert sich, sucht ihre Form, ihre Gestalt. Und dann wird auch noch „gestormed", die Hackordnung und auch die Hackdistanz werden kämpfend abgeklopft. Alpha – also die Nummer 1 in der Gruppe – möchte Alpha bleiben und manch andere, die in der Startphase im Ranking nicht dort liegen, wo sie gerne wären, versuchen sich nach oben oder vorne zu kämpfen.

Welche Ängste liegen dem zugrunde? Ich nehme wahr, dass sie Angst haben, nicht akzeptiert zu werden, nicht gut auszusehen, nicht in die Gruppe integriert, sondern ausgeschlossen zu werden. Und diejenigen, die in sich und vor der Gruppe den Führungsanspruch erheben? Sie befürchten unbewusst, diesen nicht zu erhalten. Allen gemeinsam ist die Sorge, dass das Geltungsangebot nicht ihrem Geltungsanspruch entspricht.

Es sind also meist Verlust- und Trennungsängste.

In dieser dynamischen Anfangsphase ist „Performing", also Erbringen von Leistung nicht möglich. Die Hackordnung ist wichtiger als der Seminarinhalt oder das zu lösende Problem. So geschieht es auch in neu zusammengesetzten Projektgruppen und auch in Sitzungen. Je schneller es gelingt, die (Hack-)Ordnung abzuschließen, desto rascher können wir zielorientiert arbeiten.

Und wir wissen, als aufgeblasene Kugelfische können wir nicht schnell schwimmen.

16 Relations
Das Aristotle Project

„Psychological safety, emotional communication & empathy sind die drei Keyfacts für ein gutes Miteinander." Studie Aristotle Project von Google.

Man wollte bei Google das Muster für erfolgreiche Teams finden.
Nach fünf erfolglosen Jahren des Forschens hat man bei Google „Heureca/Wir haben's gefunden!" gerufen.
Und wir wissen nun: Es sind nicht die Hardfacts, es sind die sogenannten Softfacts, die zu erfolgreichen Teams führen.

Warum „sogenannte" Hardfacts?
Jeder der mit Menschen etwas erreichen möchte, macht die Erfahrung:
„Die Softfacts sind die echten Hardfacts, wenn wir mit den harten Fakten die Menschen weich kriegen möchten."

Und seit der Erkenntnis aus dem Aristotle Project freuen wir HR-Menschen uns, dass Hardfacts-Experten nun „selbst und von sich aus" gelernt haben, was wir immer schon wussten: das von allen Trainerinnen und Trainern praktizierte Eisberg-Modell stimmt. Es ist gut, dass die Hardfacts People uns und unserer Erfahrung nicht einfach Glauben schenkten. Es ist gut, dass sie selbst unser einfaches Modell „entdeckt" haben. Und dass sie damit auch gleich noch „Das 4-Phasen-Modell" von Friedemann Schultz von Thun abdeckten, das uns zeigt, dass es immer zuerst um die Kontakte geht, weil wir erst auf der Basis einer guten Beziehung bereit sind, dem Sachkern und einem Appell zu folgen: Die Wir-Botschaft ist das Bindemittel für funktionierende Teams, vor der Sach- und der Soll-Botschaft.

"It's all about relations." (Copyright Andreas Gruber)
… nicht nur in Unternehmen, sondern auch in Familien.

Meine Schlüsselerfahrung für Harmonie

Es ist gut, wenn wir die Vernunft als Führerin wählen. Und wenn es uns durch sie gelingt, unsere Bedürfnisse abzugleichen mit den Bedürfnissen unserer Mitmenschen. Und wenn wir bereit und fähig sind, unser Bedürfnis, andere zu dominieren, aufzugeben.

Jeder von uns hat ein eigenes Bedürfnis nach Nähe und Distanz. Die „Sachlichen" brauchen mehr Distanz. Die „Emotionalen" wollen mehr Nähe. Was für die sachlichen Vernunftmenschen gilt, das gilt auch für die Introvertierten. Und die Extravertierten brauchen soziale Nähe so wie die emotionalen Gefühlsmenschen.

Fritz Riemann (er arbeitete als Psychologe mit 12.000 Menschen) hat uns in seinem Buch „Grundformen der Angst" die Zusammenhänge klar aufbereitet. Er sagt: Jeder Angst liegt ein Impuls zugrunde. Wer soziale Nähe will, hat Angst vor menschlicher Distanz und wer Abstand will, hat Angst vor Nähe. Der eine von uns dreht sich um sich selbst, der andere dreht sich um andere Menschen. Beides ist grundsätzlich nicht schlecht. Es ist, wie es ist. Als „schlecht" kann ich meine soziale Hingabe allerdings empfinden, wenn ich mich bei meiner Zuwendung selbst aufgebe. Sieben Wochen mutterseelenallein im Bus durch Neuseeland fahren, führt dazu, zu sich zu finden, nicht andauernd für andere da zu sein und sich auch einmal um sich selbst zu drehen – einem Planeten, der Sonne gleich. So lernt man, wieder zu strahlen. Und für diejenigen, die sich gerne abkapseln, ist es gut – vorausgesetzt sie sind bereit dazu – in Gruppen und Vereinen zu lernen, wie schön es sein kann, gemeinsam mit anderen das Leben zu gestalten.

Harmonie, im Gleichklang sein, auf derselben Wellenlänge schwimmen, kann in diesem Spannungsfeld unserer entgegengesetzten Bedürfnisse gelingen. Wenn wir bereit sind, die Perspektive zu wechseln, d.h. den eigenen Standpunkt zu verlassen und den des anderen einzunehmen. Wir erleben dann die Welt aus einer ganz anderen Sicht, auch mit einer anderen Blickrichtung und in einem neuen Blickwinkel.

Harmonie ist möglich, wenn wir sie wollen.

17 Resonanz
Gute Beziehungen schaffen

„Eine gute Beziehung gründet auf positiver Resonanz."

Positive Resonanz bedeutet: Wir schwingen auf derselben Wellenlänge und die von uns angeschlagenen Töne erzeugen breiten Widerhall, nicht nur ein einfaches Echo.

Vertrauen ist das Ergebnis von Einfachheit in der Kommunikation.

Das klingt auf den ersten Blick oberflächlich, auf den zweiten erkennen wir, dass wir angelangt sind bei einer guten emotionalen Basis. Wir spüren die 80 % des unteren Teils des Eisbergs – unsere gefühlsmäßigen unterbewussten Anteile. Wir fühlen, statt nur zu denken.

Worauf kommt es beim Überzeugen an, was ist beim Verkauf wichtig, was bei einer politischen Wahl? Und was ist beim Führen essenziell?

„Der Verstand ist der Diener dessen, was der Mensch will.
Will er nicht, kauft er nicht.
Will er nicht, wählt er nicht.
Will er nicht, denkt er nicht in meinem Sinne und folgt mir nicht." Die Menschen sollen wollen, was sie sollen.

Wenn jemand sagt: „Bleiben wir doch vernünftig!", so weiß er nicht, was wir Menschen brauchen. Zuallererst brauchen wir eine gute emotionale Basis mit den anderen, dann können wir gemeinsam vernünftig sein.

Meine Schlüsselerfahrung
als einer, der Verhalten verstehen will

Ein Beweis aus Hunderten Seminaren, in denen ich folgende kurze Übung machte: „Denken Sie bitte an ein misslungenes Gespräch, in dem Sie also nicht erreicht haben, was Sie erreichen wollten. Und nun überprüfen Sie die Art des Widerstands, der zum Scheitern geführt hat. Drei Möglichkeiten: War der Widerstand ein rationaler (R), oder ein emotionaler (E), oder einer aus Antipathie (A)?"

Das Ergebnis über alle von mir durchgeführten Tests: 30 % R – 70 % E&A.

Das Eisberg-Modell stimmt also, nach dem der Großteil von dem, was zwischen uns abläuft, über die Bauch- bzw. Gefühlsebene geht und nur ein geringer Teil über den Kopf bzw. den Verstand.

Noch eine Warnung:

Ist die Beziehung im Argen, wird jedes Wort auf den Wert seines Angriffspotentials untersucht.

Und noch einmal die Erkenntnis aus dem Aristotle Project:

Wir Menschen brauchen für erfolgreiche Teams psychological safety, emotional communication & empathy.

Erfolgreiche Teams brauchen Resonanz.

18 Menschenbildner
Der Pygmalion-Effekt

„Wir können Menschen zu dem machen, wie sie sein sollen, wenn wir sie so behandeln, wie sie sein können. Glaube an deren Können!"

Die Schlüsselerfahrung meiner Suche „Wie wird ein Mensch gut?"

Dazu meine absolute Lieblingsgeschichte, auch weil sie so kurz ist:
„Pygmalion war ein Bildhauer im alten Griechenland, der aus Alabaster eine 11 cm hohe Statue einer Frau schuf. Sie wurde so schön, dass er sich Hals über Kopf in sie verliebte. Und durch seine Liebe wurde sie zum Leben erweckt."

Ist das nicht schön und ermutigend!

Auch wir können – so wie Pygmalion – Menschen lebendig machen.

Machen Sie einmal zum Üben in der Kunst der Bildhauerei von Menschen einen Tag Jagd auf Ihre Mitmenschen. Jagen Sie vor allem die, von denen Sie nichts halten und suchen Sie das Gute! Und Sie werden sich wundern, wie viel Positives Sie entdecken. Und ganz wichtig: Sag es Ihrem bisherigen Opfer, Ihrer bisherigen Defizit-Orientierung. Und versuchen Sie es auch mit Ihnen selbst. Jagen Sie sich auf der Suche nach Gutem!

Und für die Perfektionisten gilt das Umgekehrte: Suchen Sie Ihre kleinen Schwächen und lieben Sie sie.

Pygmalion steht auch für die Wirkung des Lobes, die Kraft der Anerkennung, das „Wunder der Wertschätzung" (Prof. Dr. R. Haller) und auch für die Macht der Liebe. Pygmalion geht immer.

19 Charakterstärke
Beobachten statt bewerten

„Eine Frage des Charakters: Mag ich jemanden nicht, weil er nichts kann, oder kann er nichts, weil ich ihn nicht mag?"

Meine Schlüsselerfahrung der Suche nach Selffulfilling Prophecies

Was Vorurteile aus uns machen können, macht uns Max Frisch in seinem Theaterstück „Andorra" deutlich. Die Hauptfigur Andri wird schon als Kind als Jude bezeichnet. Und er selbst verhält sich auch dementsprechend. Je mehr Andri mit den Vorurteilen konfrontiert wird, desto intensiver beobachtet er sich und nimmt ihm nachgesagte Eigenschaften an sich selbst wahr. So eignet er, der bislang mit seinem Geld großzügig umgegangen ist, sich die „jüdische" Geldgier erst an, als er plant, auszuwandern.

Wir nennen die Erkenntnis daraus „Das Andorra-Phänomen" – das negative Gegenstück zum Pygmalion-Effekt. Wie auch immer, ob positiv oder negativ, wir können Menschen zu dem machen, wie wir sie sehen.

Zugegeben: Es gehört schon ein gerüttelt Maß an Charakterstärke dazu, seine Vorurteile zu überwinden. Als Verhaltenstrainer und als Coach gehe ich mit einem leeren, weißen Blatt Papier in die erste Begegnung. Und ich verweigere alle „gut gemeinten" Informationen über meinen „Andri". Ich möchte mir mein eigenes Bild von einem Menschen machen, unbeeinflusst und möglichst realitätsdicht.

Ich beobachte und beschreibe, statt zu bewerten.

Ich liebe meinen Beruf, weil er mir hilft, in der Begegnung mit anderen zu wachsen, meine Vorurteile aufzugeben. Für mich ist das die schwierigste Aufgabe („Aufgabe" im doppelten Sinn von „aufgeben" und „To do") in der Entwicklung einer Persönlichkeit.

Und die Aufgabe von Vorurteilen ist die vorrangigste Aufgabe, um gerecht zu sein.

Management braucht charakterfeste Führungspersönlichkeiten.

20 Realitätsdichte
Gedanken, die lebensfähig sind

„Real ist das, was ist. Wirklich ist das, was wirkt."

Es gibt so viele Wirklichkeiten, wie Menschen im Sitzungszimmer sind – für eine (1) Realität. z.B.: Der Stuhl vor uns i s t. Er w i r k t auf den einen schön, auf die andere eben nicht. „Die Wirklichkeit liegt im Auge des Betrachters."

Es gibt also nicht mehrere Realitäten, sondern nur eine, für unendlich viele Wirklichkeiten.

„Wie wirklich ist die Wirklichkeit", heißt Paul Watzlawicks Bestseller.

Darin schreibt, er dass es eine Wirklichkeit ersten Grades gibt und eine zweiten Grades. Die Wirklichkeit ersten Grades hieß bei Sokrates Realität, die Wirklichkeit zweiten Grades Wirklichkeit.

Ich bleibe der Einfachheit halber bei Sokrates, wenn natürlich Watzlawick als Marketinggenie mit seinem Buchtitel bei mehr Leuten Interesse für die „neue" Erkenntnis des Konstruktivismus weckte. Die „neue" Erkenntnis ist also 2.500 Jahre „jung", seit den 1960ern mit neuem Etikett versehen.

Wir sprechen seit Watzlawick von Konstrukten, weil jeder von uns seine eigene Wirklichkeit „zusammenbaut", also konstruiert. Das gilt auch und im Besonderen für unsere Meinungen und Überzeugungen. z.B. „Hhm, schmeckt das gut!" – „Was?! Das schmeckt Dir?!" Sie kennen diese lustigen Gespräche.

Eine Meinung ist nur so viel wert, wie die Begründung für sie tragfähig ist. Die Gründe für unser Denken, unsere Konstrukte müssen der Realität des Lebens entsprechen. Wenn nicht, dann zerstört sie der gnadenloseste Richter, der das Leben selbst ist.

Unsere Gedanken und unser Handeln müssen dem Leben entsprechen, sonst ist die Antwort des Lebens Selektion – Auswahl.

Es wird abgewählt, was nichts taugt. In der Wirtschaft heißt das dann eben Misserfolg oder Erfolg.

In der Personal-Führung belohnt Realitätsdichte die Entwicklung und Entfaltung von Leben, dem Leben derer, für die wir als Führungskräfte die Verantwortung tragen.

Meine Schlüsselerfahrung als Trainer

Zu Beginn der Arbeit mit einer Gruppe sage ich die folgenden Worte: „Wie wir hier miteinander umgehen wollen: Ich werde mich bemühen, höflich zu sein – Nein: Ich werde höflich sein. Sie müssen nicht höflich sein. Wenn Sie es untereinander wären, wäre das angenehm. Mir gegenüber brauchen Sie nicht höflich sein. Unterbrechen Sie mich bitte immer gerne, wenn Sie etwas nicht verstehen, oder wenn Sie mit meinen Gedanken nicht einverstanden sind. Ich brauche Ihren Widerstand. Wenn Sie zu meinen Gedanken Ja sagen, dann ist das zwar angenehm. Es bedeutet jedoch nur, dass Sie meiner Meinung sind. Es bedeutet nicht, dass es richtig ist. Wenn Sie widersprechen und es mir gelingt, Ihren Widerstand aufzulösen, dann könnte es sein, dass meine Gedanken lebensfähig sind, also der Realität des Lebens entsprechen."

Wir kennen doch auch den Ruf nach mutigen und kreativen Querdenkern im Recruiting.

21 Gefühlsstärke
Sklave oder Herr

„Hast Du ein Gefühl oder hat das Gefühl Dich?"

Sind Sie „Herr im eigenen Haus" (Sigmund Freud) oder werden Sie beHERRscht von Ihren Emotionen? Sind Sie Spieler oder sind Sie Ball?

Ich möchte als Spieler den Ball spielen, meine Emotionen einsetzen, wenn ich es für notwendig und gut finde. Ich möchte agieren, selbstbewusst und selbstwirksam. Ich möchte meine Gefühle einbringen, wenn ich es will, nicht wenn ich es muss.
   Plato nennt das Aktive versus Reaktive Emotionalität.
   Kann ich oder muss ich mich ärgern?
   Kann ich aktiv auf den Tisch hauen oder muss ich?

Wenn Sie sich über jemanden ärgern, so bedeutet das: „Der andere hat Macht über mich". Ich möchte sicher, ganz sicher nicht, dass irgendjemand über mich und meine Gefühle Macht hat. Wenn das mit mir geschieht, dann „bin ich Sklave, und zwar der ärmste aller Sklaven, der seinen Trieben ausgeliefert ist" (Epiktet, der Stoiker).

Wenn Ihre Gefühle stark sind und sie Sie beherrschen, dann verfügen Sie nicht über Gefühlsstärke. Wenn also das Gefühlshirn und die Amygdala Ihren Neocortex mit Aggressionshormonen überfluten, dann ist Kontrollverlust eingetreten.

Gefühlsstärke besitzen Sie, wenn Sie Ihre Energien und Emotionen bündeln und beherrschen können.

Meine Schlüsselerfahrung
als einer, über den jemand anderer Macht besitzt

Leider gibt es einige Menschen, die Macht über mich haben, über die ich mich ärgere. Glücklicherweise geschieht es nur hin und wieder, und auch immer seltener. Interessant ist, dass ich bei einer an sich guten Freundin nicht dahinterkomme, was es ist, worüber ich mich ärgere. Ich bin mir nicht sicher, aber ich glaube, dass mich an ihr stört, dass sie naiv und schwer von Begriff ist. Und ich werde dann ungeduldig. Und tu mich schwer, das zu ertragen. Obwohl mir nach Epiktet und Teresa von Avila nichts anderes übrigbleibt, als es mit Gelassenheit zu ertragen.

Ich empfinde dann ein Gefühl der Ohnmacht – die Macht ist bei der anderen, weil ich sie ihr gebe.

Gott sei Dank ist es nicht lebensbedrohlich, nur lebensmindernd.

22 Kommunikationsstärke
Die drei Siebe des Sokrates

„Bevor Du etwas sagst, prüfe, ob es wahr ist, ob es notwendig ist, ob es gut ist." Die drei Siebe des Sokrates.

Zu den drei Prüfungen:
Das 1. Sieb: Prüfe, ob das, was Du sagen willst, wahr ist.
WAHR ist ein Gedanke, wenn er frei ist von Irrtum und Täuschung.
Der Unterschied: Ich irre mich. Der andere täuscht mich.
Dahinter zu kommen, ob etwas wahr ist, fällt häufig nicht leicht.
Sokrates jedoch fordert, dass wir erst dann etwas sagen sollen, wenn wir diese Prüfung bestanden haben.

Das 2. Sieb: Prüfe, ob das, was Du sagen willst, notwendig ist.
NOTWENDIG ist etwas, das „die Not wendet".
In diesem Sieb wollen wir prüfen, ob es nach dem Gesagten besser wird. Oder ob es auch ohne geht. Dann lassen wir es einfach weg und schweigen.

Wir wenden die aristotelische Tugend der Klugheit an:
Klug ist, wer vorher überlegt, was hinten rauskommt.
Wir brauchen also nicht weise zu sein: Weise ist, wer vorher weiß, was rauskommt.
Weisheit können wir von einer Führungskraft und auch von uns selbst nicht verlangen, Klugheit jedoch schon.
Bedenke das Ende!

Hier kommt mir wieder Alfred Herrhausen in den Sinn: „Die meiste Zeit geht dadurch verloren, dass nicht klar zu Ende gedacht wird." Siehe dazu die Gedanken zur Klugheit.

Das 3. Sieb: Prüfe, ob das, was Du sagen willst, GUT ist.

Gut soll nicht nur der Inhalt sein, sondern auch die Art und Weise, wie wir es sagen. ... der Ton macht die Musik.

Meine Schlüsselerfahrung als einer, der biophil sein möchte

Ich möchte es schaffen, „gut" zu sein. Dafür habe ich „nur" eine (1) Regel: Verletze niemanden!

Ich habe auch meine Positiv-Liste mit hehren Absichten wie „Wertschätzung, Respekt,

> *Toleranz, ..."*
> *Es geht einfacher: Vermeide zu verletzen. Meist reicht das aus. Und ich kann die anderen Werte und Tugenden auch noch hinzufügen. Meist reicht es aus, dass wir Negatives vermeiden.*

Das sage ich mir, der weiß, dass er oft Menschen kränkt, beleidigt, verletzt – ohne es jemals zu beabsichtigen, ohne es auch nur in der Situation zu wissen.

Jaja, ich weiß auch, dass es auch von anderen abhängt, ob er leichtverletzlich ist. Ob er (wie man in Wien sagt) ein Heferl ist, das leicht über geht, ob er ein Seicherl ist (ein Seicherl ist ein feinmaschiges Sieb für den Tee, in dem auch das kleinste Teilchen hängen bleibt), ob er eine Mimose ist.

Es mag uns entlasten, wenn wir wissen, dass wir die Worte bei solchen Menschen wie auf rohen Eiern tragen müssen, dass es also nicht nur auf uns ankommt. Und wir wissen auch, dass es immer zuallererst auf unsere Beziehung ankommt. Vorsicht! Eine Beziehung braucht immer zwei Menschen. Einer davon bist Du, Peter.

Und ich bemühe mich, die kommunikative Regel zu beHERZigen:

> „Die Last des Denkens liegt beim Sender." Michael Löhner, 1980.
> Und der Sender bin nun einmal ich.

Wenn jeder von uns diese Siebe des Sokrates anwenden würde, würde es sehr still werden auf der Welt. Schlecht?

In der Ruhe liegen die Kraft und die Sicherheit.

23 Kontrolle
Die Ungeliebte

„Vertrauen ist gut, Kontrolle bringt den Beweis für das geschenkte Vertrauen."

Warum ist Kontrolle so ungeliebt bis gefürchtet?!
Es ist eine Frage der Einstellung, des Mindsets, ob wir Lenin folgen wollen oder ob wir an Pygmalion glauben (siehe dazu Charakterstärke).

Lenin „verdanken" wir den Management-Gassenhauer „Vertrauen ist gut, Kontrolle ist besser". Hier blitzt Misstrauen auf, schimmert Menschenverachtung durch. Lenin hätte mein Credo nicht geteilt: Jeder Mensch will Leistung bringen.

Misstrauen vernichtet unseren Leistungswillen. Vertrauen hingegen bildet die Basis für Mut und Kreativität. Vertrauen ist der Nährboden für Innovation und für menschliches und wirtschaftliches Wachstum. Und die Kontrolle ist dazu da, uns den Leistungsnachweis zu erbringen.

Und ganz wichtig: Kontrolle ist die Voraussetzung für Lob und Anerkennung. Das Paradoxe ist, dass jeder von uns, der psychisch gesund ist, Anerkennung bekommen möchte – jedoch fast niemand vorher kontrolliert werden möchte.

Meine Schlüsselerfahrung durch einen guten Freund

Damit mein Schlüsselerlebnis richtig eingestuft werden kann, zuerst der Kontext: Der Freund hat nach einem Gespräch über Immanuel Kant vom Direktor einer namhaften Organisation das Angebot erhalten, mitzuarbeiten – und zwar nicht wie üblich als Praktikant, sondern in einer Anstellung. Er war zu der Zeit Student der Soziologie und er wurde häufig mit der Frage konfrontiert, was er später mit der Ausbildung machen wolle, wo er als Soziologe eine Arbeit bekommen werde. Nun konnte er endlich antworten: „Warum später? Ich habe jetzt schon eine."

Sie können vielleicht mein Entsetzen verstehen, als er nach vier Jahren sagte: „Ich werde kündigen." Auf meine Frage „Warum?", sagte er ziemlich erregt: „Ich weiß nicht, ob das, was ich mache, gut ist. Ich weiß nicht einmal, ob es schlecht ist. Niemand kontrolliert mich und meine Arbeit! Ich erhalte überhaupt kein Feedback!" Ich sagte ihm: „Und Du glaubst, woanders ist es besser. Es kann sein, muss aber nicht. Du weißt, was ich beruflich mache. Ich bemühe mich, Menschen das beizubringen, was Du jetzt gerne hättest. Das ist verständlich. Ich rate Dir jedoch, bleibe und bringe bezahlt Dein Studium zu Ende."

Ich konnte konkret miterleben, was die Folge ist, wenn jemand kein Feedback erhält. Und zwar gar keines. In den USA sagt man „Better a bad stroke than no stroke." – Besser eine negative Streicheleinheit als gar keine.
   Wir wollen zumindest wahrgenommen werden, selbst ohne Lob.

24 Gut arbeiten
Erledigen oder lösen

„Aufgaben oder Probleme sind die zwei Formen der Arbeit. Eine Aufgabe ist Routine, das Immergleiche, die Schablone.

Ein Problem ist Arbeit ohne bekannte Lösung, es ist neu, es herrscht ein Lösungsvakuum."

Aufgaben erledigen wir.

Probleme lösen wir, um Herausforderungen zu meistern.

Wir benötigen unterschiedliche Fähigkeiten: Für das immergleiche Erledigen brauchen wir Fachkompetenz und Fleiß. z.B. in der Buchhaltung, bei der Blutabnahme, in der Chirurgie, beim Reifenwechsel in der Formel 1.

Um Probleme zu lösen, die sich durch Neuartigkeit auszeichnen, brauchen wir Kreativität und Mut.

Wir wissen, dass wir Kreativität und Mut in der Buchhaltung nicht brauchen, und dass wir Probleme auch lösen können ohne Fachkompetenz und Fleiß.

Meine Schlüsselerfahrung für Recruiting

Ich habe das am eigenen Leib erfahren dürfen: Für meine Tätigkeit als Führungskraft bei Hofer/Aldi bin ich rekrutiert worden, weil ich fleißig und diszipliniert war. Übersehen wurde jedoch, dass ich auch kreativ war – und deshalb nicht nur gelangweilt, sondern auch noch unterfordert. Der Flow war verschwunden. Ein klassischer Recruitingfehler. Als ich danach Exportleiter geworden war, konnte ich nun mutig und kreativ zu neuen Ufern aufbrechen – getragen von einem herrlichen Flow.

25 Verstärken
Die Motivation

„Ein Unternehmen, das seinen Menschen mehr an Kraft zurückgibt, als diese in die Arbeit einbringen, verdient das Wort Kraftfeld."

Im vorangegangenen Kapitel „Gut arbeiten" haben wir unterschieden zwischen „Aufgaben erledigen und Probleme lösen".

Um im jeweiligen Feld Menschen in ihrem Tun zu verstärken braucht es eine klare Unterscheidung: Die „Problem-Löser" wollen Erfolg. Erfolg ist das Setzen und Erreichen von Zielen. Die Zielerreichung gibt ihnen Kraft.

Sie „ernähren" sich durch Erfolgsverstärkung.

Die „Aufgaben-Erlediger" arbeiten ohne Ziele. Sie erledigen ihre Arbeit im Fließbandmodus: Der Beleg kommt links aus der Eingangstasse, wird wie gewohnt bearbeitet und „geht rechts raus" – und das ein Leben lang.

Ich habe mehr als 3.000 SachbearbeiterInnen einer Versicherungsanstalt kennenlernen dürfen, die so arbeiten. Wenn sie ihre Aufgabe als Fachexperten gut und auch gerne machen, so fehlt ihnen dennoch der soziale Kontakt.

Ein Mensch am Fließband ist allein, er vereinsamt.

Was diese Menschen „am Fließband" deshalb brauchen, ist, dass die Führungskraft regelmäßig bei ihnen vorbeikommt. Sie muss gar nicht viel tun. Sie braucht nur da sein, in die Augen schauen, zuhören.

Anstelle von Erfolgs-Verstärkung brauchen und erhalten sie so Sozial-Verstärkung: So spüren sie, dass sie Teil des Ganzen sind, dass sie dazu gehören. Das heute so inflationär verwendete „Miteinander" wird spürbar.

Meine Schlüsselerfahrung als „Qualitätskontrolleur"

Ich war 17, als ich mich für einen Sommerjob bei einer Glasfabrik in einer norddeutschen Stadt bewarb. Und ich erhielt umgehend die Zusage, dass ich in der Qualitätskontrolle eingesetzt werden würde. Ich war stolz – Qualität und ich mache die Kontrolle. Tja, die haben eben verstanden, wofür man einen Gymnasiasten vorsieht. Der Vorarbeiter erklärte mir am Fließband: „Da kommen die Flaschen, dort siehst du die Musterflasche. Wenn eine am Fließband nicht entspricht, dann wirfst du sie runter. Das machst du auch, wenn sie einen Riss hat. Die Arbeitszeit ist 55 Minuten mit 5 Minuten Pause."

„Ok, das habe ich verstanden. Und was darf ich noch für die Qualitätskontrolle machen?"

„Das war's auch schon", war die klare Antwort. Und er verschwand.

Am nächsten Tag kam er nicht mehr und auch nicht am übernächsten. Irgendwann fragte er mich, als er vorbeikam, ob alles passt. Das war's.

Hätte ich das nicht am eigenen Leib erlebt, ich würde es nicht glauben. Diese Behandlung hatte für mich doch einen Sinn – für meine Erfahrung als Kulturberater 30 Jahre später. Ich weiß nun, was Entwürdigen bedeutet, die astreine Instrumentalisierung eines Menschen. Und ich musste erfahren, wie einsam man am Fließband wird.

Würde ich diesen Vorarbeiter heute coachen, so würde ich ihn hinführen zur Erkenntnis, was ein Mensch braucht, damit er sich nicht auf einen Laserstrahl und einen mechanischen Arm reduziert fühlt. So erfolgt das nämlich heute ohne eine "Humanressource", ohne einen Menschen.

Ich würde sagen, dass ich mich wohl besser gefühlt hätte, wenn er am ersten Tag zu mir gekommen wäre und mich gefragt hätte „Nun, wie geht's?", und wenn er am zweiten Tag mich das wieder gefragt hätte und ich ihm dann gesagt hätte, dass es schon sehr eintönig ist. Und am dritten Tag hätte ich ihm geklagt, wie das ein Mensch Monate und Jahre aushalten konnte. Ich hätte keine Antwort gebraucht. Es hätte mir genügt, dass er zu mir gekommen wäre und ich etwas hätte sagen können.

Heute, 53 Jahre später, nennen wir das, was ich gebraucht hätte „Sozialverstärkung" (Was für eine abstrakte Sprache Soziologen, Psychologen und Berater doch verwenden!). Einsame Roboter brauchen die soziale Nähe. Denn Erfolg erleben sie keinen.

Es war schon gut, dass ich das erleben durfte. Ich sammelte den Sklavenlohn ein, der für das kommende Studienjahr reichte. Und ich lernte, dass es leider doch an manchen Arbeitsplätzen noch stimmt, dass der Lohn das Äquivalent für erlittenes Arbeitsleid ist.
Wahre Führungskräfte lassen diese Funktionalisierung eines Menschen nicht zu.

Meine Schlüsselerfahrung zur Verstärkung durch Erfolg

Eine 54-jährige Führungskraft der zweiten Führungsebene klagte über das Verhalten ihres Verkaufsleiters: „Er lässt sich nicht führen, er akzeptiert mich nicht. Und er provoziert mich. Obwohl er ein Firmenauto der obersten Kategorie hat, kommt er mit seinem roten Ferrari oder seinem Porsche oder seinem Bentley. Er hat unermesslich viel geerbt. Und die beste Ausbildung bis hinauf zu Yale. Er erbringt auch fantastische Leistungen."
Als ich danach mit dem jungen, erfolgreichen Mann sprach, sagte er mir, dass er seinen Vorgesetzten nicht akzeptieren konnte. Dieser hatte sich zwar im Unternehmen hochgearbeitet, hat jedoch keine abgeschlossene akademische Ausbildung. Und als Führungskraft bräuchte er ihn auch nicht: „Ich mache mir meine Ziele selbst, die ich immer höher als die Firmenziele ansetze, die ich auch immer erreiche. Ich motiviere mich selbst durch meinen Erfolg. Ich lehne Lob und Anerkennung ab."
Und ich dachte mir: „Du Erfolgstyp wirst auch noch irgendwann, wenn die Ziele nicht mehr wie gewohnt erreicht werden, die Unterstützung von einem anderen brauchen. Wenn Dein Narzissmus, Deine Autonomie-Sucht und Deine schizoide Selbststeuerung nicht mehr ausreichen, weil der Markt es nicht zulässt."
Er dachte, er hätte die Erfolgswelle seines Unternehmens gemacht – obwohl er nur auf ihr surfte.

26 Humor
Der Konfliktlöser

„Die Deutschen sagen: Die Lage ist ernst, aber nicht hoffnungslos. Die Österreicher sagen: Die Lage ist zwar hoffnungslos, aber nicht ernst." Karl Kraus

Konflikte sind ernst. Um sie zu lösen, braucht es nicht noch mehr Ernst.

Wie kann es gehen, Konflikte mit Humor zu lösen? Gegenfrage: Wie kann es ohne Lachen gehen?

In meiner Arbeit mit Konflikt-Gruppen oder auch -Paaren sehe ich bildhaft einen Knäuel vor mir, so einen wie er in meiner Schublade mit übrig gebliebenen Kabeln – „die ich sicher noch einmal brauchen kann" – liegt.

Vor Jahren zu Beginn meiner Meditationsarbeit versuchte ich den Knäuel, das konfliktbedingte Gefühlschaos, ernst und rational zu entwirren.

Jetzt mache ich es einfacher. Ich erinnerte mich, wie Alexander der Große den Gordischen Knoten löste. Er schlug zu mit dem Schwert. Für mich ist das Schwert der Humor.

Am leichtesten geht es, wenn man in der Spannung zuerst über sich selbst lacht. Und dann liebevoll und einfühlsam über die anderen Konflikt-„Partner" schmunzelt. Bringen wir uns zum Schmunzeln und unsere Konflikte werden lösbar.

Meine Schlüsselerfahrung als Mediator

Die Ausgangssituation war so, dass ich das Coaching ablehnen wollte, weil ich gerne etwas zustande bringe. Wenn jedoch die drei Männer, die „die Kollegiale Führung" darstellten, nicht mehr miteinander redeten, und zwar wortwörtlich genommen, fehlte mir die Fantasie: „Wie

kann ich beitragen, den Konflikt zwischen drei Stummen zu lösen?"
Kurz noch erklärt, was „Kollegiale Führung" bedeutet: Per Gesetz ist
gefordert, dass der medizinische und der kaufmännische Leiter und
der Pflegedienstleiter als gleichrangige Kollegen interagieren. Also
eine Einstellung und das entsprechende Verhalten für Gleichrangigkeit
ward per Gesetz verordnet. Es ist wohl das unklugste Gesetz der Welt.

Angesiedelt war dieses Krankenhaus in einem Konzern, den ich
einige Jahre bei der größten Fusion Österreichs begleitet habe. Mei-
ne Bereitschaft zur Lösung des Problems war also nötig, wollte ich
den Großauftrag behalten.

Zur Vorbereitung habe ich in meine Werkzeugkiste geschaut und nach
Instrumenten gesucht, die mir ermöglichten, die drei Feinde zur Ko-
operation zu bringen. Ich habe zwei Tests entnommen, für die kein
Interagieren notwendig war. Tests, deren Ergebnisse ich auf das „Me-
dium Flipchart" schrieb und die diverse Persönlichkeitsfacetten sichtbar
machten. Die Details wären zwar auch für Sie interessant, sie waren
jedoch nicht das, was den Durchbruch brachte. Der kam zufällig auf
anderem Wege daher: Ich sagte, dass ich normalerweise mit meinen
Teilnehmern nach dem Abendessen nicht den Abend verbringe. Sie
sollen auch einmal alleine sein, ohne den Coach. „Heute jedoch würde
ich ausnahmsweise gerne bei Ihnen bleiben", bat ich um Erlaubnis.
Und dann passierte es: Der Aggressivste der drei lachte und witzel-
te: „Sie haben wohl Angst, dass zwischen uns etwas passiert?" Und
die anderen zwei stimmten ins Lachen ein. Sie lachten gemeinsam,
die gesamte zerstrittene Kollegiale Führung lachte.

Seit diesem Augenblick weiß ich: Ein Konflikt lässt sich mit Hu-
mor lösen. Der „aggressive Mittlere" hat die Initiative ergriffen und
uns an der Bar auf einen Aperitif eingeladen, auf ein grünes Getränk
mit einem bunten Schirmchen. Es war nicht der Alkohol, der die
Stimmung bereitete für ein angenehmes Dinner erwachsener Leute.

Meine Lehre: Wenn Erwachsene farbige Getränke mit bunten
Schirmchen schlürfen, ist der Konflikt schon fast gelöst.

Ein paar Monate danach hatten wir ein Treffen, bei dem ich sehen
konnte, dass sie gut miteinander konnten. Und ich erzählte ihnen

meine Beobachtung mit ihrem Lachen und dem Schirmchen im grünen Drink. Und alle drei sagten unisono, dass sie „so etwas" normalerweise nie trinken. Sie verharren üblicherweise im Kerker ihrer Selbstverständlichkeiten: „Das tu ich gerne. Das tu ich nie!"

Und wir haben somit erfahren, dass „Konsum-Solidarität" – also das gleiche essen, trinken, mögen – eine schöne Resonanz ist, die zur Verbesserung der Stimmung und der Beziehung beiträgt.

Wohl bekomm's! Cheers!

27 Freude
Der Erfolgsfaktor

„Spaß und Glück bringen starke positive Energie – sie sind Gipfel-Emotionen, sie wirken kurzfristig sehr stark. Freude hingegen ist ein Plateau-Erlebnis – sie ist eine Grundstimmung, die lange anhält."

Wir wissen um 12 Fähigkeiten, die Freude schaffen, drei davon ragen bei der Arbeit hervor:
- Arbeiten mit Sinn
- Arbeiten mit Ermutigung
- Arbeiten mit Aufrichtigkeit

Drei „Sinne", drei Wozu sind es, die wir etablieren wollen: den Sinn des Unternehmens, den Sinn der Dienstleistung, den Sinn des ganz persönlichen Arbeitsbeitrages.

„Wer das Wozu kennt, ist bereit zu fast jedem Wie." Friedrich Nietzsche

Menschen zu ermutigen ist leicht: mit einem aufmerksamen Blick, einem freundlichen Lächeln, mit Nähe.

Und aufrichtig zu sein ist auch ganz einfach: Ich rede nicht über Menschen, die nicht anwesend sind. Und wenn ich über sie rede, dann so, wie wenn sie anwesend wären.

Aufrichtigkeit schließt ein wertendes Hintenrum aus, es verhindert Mobbing.

Meine Schlüsselerfahrung zur Ermutigung

Ich denke dabei an eine Führungskraft, die mit einer ganz einfachen Maßnahme, die sie sofort, also auf der Stelle einsetzte, einen Riesensprung erzielte.

Sie hat bei der Führungskräftebeurteilung bei einer der 37 Fragen von den 120 Beurteilten am schlechtesten abgeschnitten. Auf die Frage „Ist Ihre Führungskraft jemand, die sich gut in Sie einfühlen kann?", hat sie im Durchschnitt 3,7 erhalten, auf einer Skala von „1 = trifft voll zu" bis „5 = trifft gar nicht zu." Bei der nächsten Beurteilung, zwei Jahre später, erhielt sie 1,2.

Wie ist so ein Sprung möglich? Was hat sie getan?

Als ich ihr die 1,2 mitteilte, hat sie vor Freude zu strahlen begonnen und sie sagte: „Ich habe so sehr gehofft, dass mein Gefühl stimmt. Ich habe gemerkt, dass die Stimmung zwischen uns viel besser geworden ist. Und es tat mir leid, dass ich zwei Jahre auf die Beurteilung warten musste."

„Und was haben Sie gemacht?", fragte ich.

„Nach unserem Gespräch, in dem Sie sagten, dass Einfühlsamkeit Nähe voraussetzt und der Mensch spüren muss, dass Sie ihm zuhören, kam ich auf eine ganz einfache Maßnahme: Ich klebte ein Post-It unter den Rückspiegel. Auf dem gelben Zettel stand nichts geschrieben. Er war nur das Signal dafür, dass ich heute einen Mitarbeiter anrufen werde und ihn frage ‚Wie geht's Ihnen? ... Und wie geht's, Teresa, Ihrer Tochter, hat sie noch Grippe? ...' Jeden Tag habe ich zwei Mitarbeiter angerufen und deren Sorge, die ich mir gemerkt habe, angesprochen. Vor dieser Maßnahme habe ich manche mehrere Tage nicht gesprochen, ich habe immerhin 16 Mitarbeiter, die verstreut über das Land im Außendienst arbeiten. Und wenn ich mit ihnen gesprochen habe, dann ging es immer rein um die Sache. Jetzt habe ich so mit jedem zumindest einmal in acht Tagen etwas Persönliches geredet. Ich konnte spüren, wie sehr sich der andere nun freute. Und ich weiß, dass es besondere Freude erweckte, weil ich den Namen seines Kindes wusste. Sie haben Recht: Der Name des Kindes ist das wichtigste Wort für einen, der ein Kind hat. Ich weiß jetzt auch was ‚personal statt funktional kommunizieren' bedeutet. Sein Schmunzeln zeigte mir, dass er mir meine ‚Fachsprache' zwar nicht übel nahm, dass er jedoch meine Kritik an der Branche Psychologen, Soziologen, Trainer teilte: Gerade die Berufe, die den Menschen im Mittelpunkt ihrer Arbeit haben, sprechen eine ‚entmenschlichte' mitunter schwer verständliche Sprache. Der Appell zu mehr Einfühlsamkeit wirkt dann geradezu paradox.

Er zeigte mir deutlich, um was es in der Praxis geht, wenn wir uns einfühlen."

28 Konfliktfähigkeit
Der größte Gewinnfaktor

„Nichts kostet Unternehmen mehr als Konflikte."

Die Energien gehen in einem Konfliktfeld nicht gebündelt zum Kunden, sie gehen nach innen – ins Schwarze Loch.

Aus der Physik wissen wir:
„Alles strebt von der Ordnung der Unordnung zu." Konflikte schaffen Unordnung, sie bringen Chaos. Und dabei gehen unsere konstruktiven Energien verloren. Sie werden destruktiv. So entsteht kein Leben, kein neues Produkt, keine Innovation.

Unsere Studien belegen einen volkswirtschaftlichen Verlust durch Beleidigungen, Kränkungen und Verletzungen von durchschnittlich 7 % des Bruttoinlandprodukts. Umgerechnet auf ein Unternehmen heißt das, dass wir unsere Produktivität, unseren ROI, unsere Leistung ohne Konflikte um 7 % steigern könnten. Wir brauchen dringend eine „Energie-Wende".

Das schon mehrmals zitierte „Aristotle Project" von Google beweist, dass Team-Arbeit dann gelingt, wenn wir in „Psychological Safety" arbeiten; in einem Klima des Vertrauens, frei von Misstrauen und Angst – in einem konfliktfreien Klima.

„Teams sind Gruppen, die all ihre Energien zentrieren auf die Lösung des Problems, in denen kein Mitglied gegen ein anderes kämpft. Kämpft einer gegen einen anderen, so zerfällt das Team in Gruppen, die ihre Energien gegen die firmeninternen Gegner wenden (Rupert Lay, Diskurs-Dialektik) – und nicht für die Lösung von Problemen der Kunden.

In einem Team ist der Gegner das gemeinsam zu lösende Problem.

Eine Führungskraft schafft es, diese Tendenz „von der Ordnung zur Unordnung" umzukehren. Sie schafft Orientierung durch Sinn, klare Ziele und Vertrauen. Und sie weiß, wie sie Konflikte zufriedenstellend behandelt. Ich gehe an Konflikte so ran, dass ich zweistufig prüfe: Erstens, ist der Konflikt lösbar? Wenn ja, dann löse ich ihn mit einem Minimum an Aufwand – zeitlichem, psychischem, sozialem Aufwand. Wenn er unlösbar ist, dann ertrage ich ihn mit Gelassenheit.

Meine Schlüsselerfahrung als Teamcoach in einem „multiplen" Konfliktfeld

Der ärztliche Leiter der REHA-Klinik klagte: „Unter den 21 Ärzten herrscht ein heilloses Durcheinander. Ich schaffe das nicht mehr. Ich komme nicht mehr zu meiner eigentlichen Arbeit als Arzt, weil ich mir jeden Vormittag vier Stunden die Probleme meiner Mitarbeiter anhöre. Und ich habe immerhin 80 Mitarbeiter."

„Sie reden mit allen 80?! Aber Sie haben doch wohl noch eine Führungsebene dazwischen", brachte ich ein.

„Nein. Habe ich nicht", antwortete der Leiter, der nicht leitete.

„Sie leben in einem Konfliktfeld, womöglich gespeist aus mehreren Quellen. Es ist einmal sicher ein institutioneller Konflikt, aufgrund der zu verbessernden Organisation. Und eventuell als zweite Quelle ist es ein Mensch, der für die Unruhe sorgt", war mein erster Zugang zu seinem Problem.

„Ja, den Rädelsführer gibt es und mit ihm eine Dreiergruppe. Er streitet mit allen, ich habe zwei Ordner mit Beschwerden an die Zentrale in Wien. Er prozessiert seit Jahren zu verschiedenen Themen gegen unsere Führung. Und er führt auch Prozesse mit seinem Nachbarn, so wie auch mit seiner Familie. Er hat auf meine diesbezügliche Frage auch kein schlechtes Gewissen."

Mit diesen Informationen wendete ich mich an einen Psychoanalytiker, dessen Interpretation war: „So wie sich das mir darstellt, ist er ein Psychopath. Ein gewissenloser Mensch."

Ich habe also den Auftrag erhalten, da wieder Ordnung reinzu-
bekommen.

Im ersten Workshop bin ich die Desorganisation angegangen: „Wer
von Ihnen – ich spreche die Oberärzte an – ist bereit, in einer neu-
en Ebene Führung zu übernehmen? Die Mitarbeiter sollen zu Ihnen
kommen, und nur in Ausnahmefällen zum Herrn Primar." Es fanden*
sich ziemlich rasch fünf Oberärzte, die Verantwortung übernehmen
wollten. Damit blieb nur noch die Gruppe der Physiotherapeuten, die
darauf Wert legte, in direktem Kontakt mit „ihrem" Leiter zu bleiben.
Sie waren auch nicht bereit, dass sie in ihrer Gruppe eine Chefin oder
einen Chef hätten. Sie begründeten das mit dem Wert der Basisde-
mokratie. Nach einigen Gesprächsrunden fanden sie ihr Modell: Sie
würden Gruppensprecher wählen, die alternierend, in kurzen Ab-
ständen wechselnd, die Anliegen beim Primar vorbringen würden.
Die institutionelle Konfliktursache konnte an einem Tag besei-
tigt werden.

Meine zweite Schlüsselerfahrung
als Teamcoach in einem „multiplen" Konfliktfeld

Jetzt blieb noch die Arbeit übrig, die menschliche Konfliktquelle tro-
cken zu legen. Meine Erkenntnis: Jeder zwischenmenschliche Konflikt
geht von einem (1) Menschen aus, niemals von zwei. Es gilt also, die
eine Person zu finden. In den Arbeiten war es mir unschwer möglich,
die Gruppe zu erkennen, von der der zwischenmenschliche Konflikt
ausstrahlte. Und es war selbst für einen empathieschwachen Men-
schen zu erkennen, von welcher Person in der Gruppe die Spannun-
gen den Ausgang nahmen: Es war der dauerprozessierende Oberarzt,
an den drei weitere andockten. Am zweiten Workshop-Tag sagte ich
am Morgen der Gruppe der 21 Ärzte: „Sie sind sozial krank. Sozial
krank ist ein Mensch oder eine Gruppe, dem oder der es miteinan-
der nicht gut geht, der das Wohlbefinden fehlt." Als wir nach Grup-
pen-Arbeiten um 11:30 im Kreis zusammensaßen, ergriff ein junger
ägyptischer Arzt das Wort und sagte: „Wir sind nicht sozial krank.

Uns geht es gut miteinander. Bis auf vier unter uns." Irgendwie erinnerte mich das an das Abendmahl. Ich fand den Zeitpunkt für richtig, um die Gelegenheit beim Schopf zu packen und diese Meinung abzufragen. Und in diesem Plebiszit zeigten 17 auf und bestätigten diesen „Befund", dass es ihnen gut geht. Der Dauerprozessierende griff mich danach sofort an: „Und jetzt sagen Sie wohl, das geht alles von mir aus."

„Nein, Herr Oberarzt, das sage nicht ich, das haben soeben Sie gesagt. Und 17 Kolleginnen und Kollegen." Und ich merkte wie die drei, die ihn bisher unterstützten, keine Anzeichen des Widerspruchs zeigten. Es folgten noch vier Einzelgespräche und eine Versetzung. Die Konflikte konnten an zwei Tagen gelöst werden.

29 Kritikfähigkeit
Die Überwindung

„Es geht um unser Gesicht, um unsere Würde."

Mögen Sie kritisiert werden?
    Ja, ich weiß: Kritik ist notwendig, um besser zu werden.
    Meine Frage ist nicht, ob Kritik notwendig ist, sondern ob Sie Kritik mögen? Wenn ich Kritik bekomme, dann soll sie mir recht sein, wenn mein Gesicht gewahrt bleibt. Meine Würde bleibt erhalten, wenn ich „unter vier Augen" kritisiert werde. Das geht erwiesenermaßen allen Menschen so.

In Japan ist es ein kulturelles Vergehen, wenn man jemanden sein Gesicht verlieren lässt. In Europa ist es zwar nicht auf dem Niveau der Kultur des Landes eine Kränkung wie in Japan, jedoch ist es psychisch eine Kerbe, die wir abbekommen – ein „discount".

Dazu eine Schlüsselerfahrung mit einem japanischen Kunden

Das Unternehmen hatte eine Niederlassung in Deutschland mit vier Vorständen, zwei deutschen und zwei japanischen. Die Deutschen beklagten in meinem Vier-Augengespräch die Mimosenhaftigkeit der Japaner, wenn man sie kritisierte. Die Japaner beklagten die Direktheit der Deutschen und auch die Lautstärke, sodass alle die Kritik hörten.
    Nach zwei Tagen einigten wir uns mit den deutschen Vorständen darauf, dass sie sich auf das empfindsamere Niveau der japanischen Kollegen anpassen würden, um weitere kulturelle Konflikte zu vermeiden.

Ich durfte wieder einmal konkret erfahren, was Kulturarbeit bedeutet. Es geht um Einfühlsamkeit, aber auch um kommunikative Techniken.

Zur Technik: Die 3 Siebe des Sokrates fanden besonders bei den Japanern Gefallen, bei den Deutschen trafen sie zumindest auf Verständnis.

Zur Erinnerung „Die 3 Siebe des Sokrates":
Bevor Du Deinen Mund öffnest, prüfe, ob das, was Du sagen möchtest
a. wahr ist, ob es
b. notwendig ist und ob es
c. gut ist, also ob die Art und Weise, wie wir es sagen, gut ist.

Warum schreibe ich im Titel „Die Überwindung"?

Meine Schlüsselerfahrung zur Feedback-Sicherheit

Ich muss in erster Linie mich selbst überwinden, Kritik zu ertragen und auch zu schätzen. Ich helfe mir dabei, dass ich weiß: Was andere an mir nicht gut finden, hat nur vielleicht mit mir zu tun. Sicher hat es aber zu tun mit der Wahrnehmung des anderen.

Jeder kann mir sagen, wie er mich wahrnimmt, niemand jedoch kann mir sagen, wer ich bin. Wahrnehmung ist zuallererst „nehmen" und erst in zweiter Linie vielleicht „wahr". Das Wort „Wahrnehmen" ist also eine Mogelpackung.

Und Sokrates hat für uns vorgedacht: Unsere Wirklichkeit ist nicht die Realität. Wirklich ist das, was wirkt. Real ist das, was ist.

30 Fehlertoleranz
Frei von Schuld und ohne Angst

„Willst Du, dass Menschen neue Wege wagen, dann nimm ihnen die Angst!"

Hören wir zuallererst auf mit dem Zuweisen von Schuld! Es geht nicht darum, w e r Mist gebaut hat. Es geht nur darum, festzustellen w a s der Auslöser gewesen ist, dass ein Fehler passiert ist. Und zuallerallererst müssen wir Fehler von Irrtum trennen.

Ein Irrtum geschieht ohne Erfahrung, ein Fehler liegt vor trotz Erfahrung, trotz Wissen.

Meine Schlüsselerfahrung als Kulturberater

Der Vorstand für Recht sagte: „Bei uns dürfen Sie das nicht sagen: ‚Ein Irrtum geschieht ohne Erfahrung.' Das wäre ein Freibrief, dass keiner Schuld trägt." Ich war gefordert, vor allem, weil er das im Kreis der mehr als zwei Dutzend Führungskräfte sagte. Mit Rücksicht auf den Vorstand habe ich meine Antwort vorsichtig vorgetragen, weil ich nicht besserwisserisch den Juristen sein Gesicht verlieren lassen wollte. Und auch wissend „Das muss ich jetzt gewinnen, sonst ist der größte Auftrag der Republik möglicherweise weg."

Ich sagte: „In der Welt der Justiz gibt es zwar die Regel, Unwissenheit schützt vor Strafe nicht. In der Welt des Führens sollte die Welt der Justiz mit Vorsicht betrachtet werden. Was machen Beschuldigte? Sie vertuschen, sie lügen, sie verdrehen die Wahrheit und übertragen die Schuld auf andere. Wenn eine Führungskraft einen, der einem Irrtum erlegen ist, so behandelt, wie wenn dieser einen Fehler begangen hätte – wer hat da einen Fehler begangen? Richtig! Die Führungskraft. Denn sie müsste wissen, wozu der Mitarbeitende fähig ist. Wenn er nicht fähig ist, dann ist er nur einem Irrtum erlegen, weil er ohne Information, ohne Wissen, ohne Erfahrung gehandelt

hat. Der Fehler ist auf der Seite der Führungskraft, weil sie ihn aus-
gewählt hat, etwas zu tun, wofür er nicht geeignet ist.

Für sie besteht nun noch die Verantwortung, zu unterscheiden:
Kann er nicht?
Oder will er nicht?

Wenn wir wollen, dass unsere Mitarbeitenden innovativ sind,
also neue Wege wagen, dann müssen wir die Schuldzuweisung, also
die Gewalt rausnehmen.

Wenn jemand Mist gebaut hat, geht es nur darum:
1. *Kriegen wir noch glatt, was krumm ist oder*
2. *Was lernen wir daraus für die Zukunft."*

Der Vorstand für Justiz schloss sich meinen Ausführungen an. Wir
wurden gute Partner für die kommenden acht Jahre.

Eine weitere Schlüsselerfahrung

Der Geschäftsführer sagte an der Stelle neben seinen Mitarbeitern
zu mir: „Herr Gruber, wir haben gar keine Zeit, den Schuldigen zu su-
chen. Wir müssen nur das Problem lösen. Es geht nur um die Sache."

31 Zeitgestaltung
Die griechischen Götter der Zeit

„Es ist nicht zu wenig Zeit, die wir haben. Es ist zu viel Zeit, die wir nicht nutzen." Seneca

Die alten Griechen hatten zwei Götter der Zeit: Chronos und Kairos.
Chronos schlug den Takt, Kairos brachte den Rhythmus. Chronos zergliederte die Zeit, Kairos gliederte sie in sinnlich fassbare Teile.
Chronos, mit seinem Takt, ist unerbittlich. Wir haben uns unterzuordnen. Chronos zerteilt und trennt. Er schafft die „Chronologie" der Ereignisse.

Kairos verbindet. Er ist der Gott des rechten Augenblicks, der die Gelegenheit beim Schopfe packt. Er war bei den Griechen ein Jüngling mit einem blonden Haarschopf. Die Römer nannten ihn occasio – die Gelegenheit. „It's a good occasion" – es ist nie eine bad occasion, die wir beim Schopf packen.
Heutzutage haben wir nur noch einen der beiden Götter. Uns blieb der Chronos, er beherrscht uns. Kairos ist verschwunden.

Aristoteles gliederte die Zeit noch in Arbeit, Freizeit und Muße.
Muße ist die zweckfreie Zeit, die jedoch sehr sinnvoll ist. Wer hat heute noch Muße? Die Freizeit hat sie verdrängt. Die Freizeit ist jedoch nicht frei, sie ist nur frei von Arbeit. Sie wird angefüllt mit mannigfachen Aktivitäten in den Spielhallen des Zeitvertreibs. Wir vertreiben die Zeit, die wir bisweilen auch totschlagen – statt sie zu genießen.

Ich empfehle dazu das Buch „Im Zeitmaß der Mönche", um zu spüren, wie Benediktiner seit 1.500 Jahren mit Kairos leben und unendlich viel produzieren. Der Orden der Benediktiner ist seit

seiner Gründung am Montecassino 529 n. Chr. einer der erfolg-
reichsten „Konzerne" der Welt – trotz oder gerade wegen Kairos
und Muße. Kairos ermöglicht uns, Sinnvolles hervorzubringen,
ohne den lebensmindernden Stress. Stress entsteht immer dann,
wenn die Ressourcen knapp werden. Wir brauchen nur die Ressource Zeit zu pflegen, zu gestalten, und wir arbeiten im Flow.

Zeit ist das am gerechtesten verteilte Gut, jeder von uns hat
24 Stunden pro Tag zur Verfügung. Manchen reichen die 24 Stunden, andere würden selbst mit der doppelten Zeit nicht aus-
kommen. Es liegt wie immer an uns, nicht an den Umständen.

Meine Schlüsselerfahrung für Das gute Leben

„Es gibt eine Zeit zum Fischen und eine Zeit zum Trocknen der Netze."

32 Flow
Im rechten Maß arbeiten

Wir „fließen", wenn wir Eins werden mit unserer Tätigkeit, wenn wir eintauchen, wenn wir uns vertiefen, wenn wir uns konzentrieren auf das, was wir tun, wenn wir uns fokussieren, d.h.
wenn wir die Energien lenken auf die Augenblicksmitte, bündeln auf den Brennpunkt, auf das Hier und Jetzt – auf den Fokus.

KonZENtration ist das Wesen des ZEN und zenverwandter Tätigkeiten, wie z.B. Bogenschießen, Malen, Musizieren, Klettern und neuerdings auch der neue Volkssport, das Bouldern. Ich empfinde Zen auch im Alltag, beim Zubereiten des morgendlichen Kaffees, und ich empfinde Zen beim Ausräumen des Geschirrspülers.

Es geht wie immer um den rhythmischen Wechsel zwischen Spannung und Entspannung.

Zurück zum Bouldern, dem Shooting Star. Bouldern hat enge Verwandtschaft mit Führen und auch mit Management-Tätigkeiten:

Informationen sammeln, Ziele setzen, den Weg finden, d.h., sich für einen entscheiden und somit auf die ungeeigneten alternativen Wege „verzichten", also effektiv aktiv sein – das Richtige tun – und dann das Richtige auch noch richtig tun – effizient, mit einem Minimum an Aufwand das Ziel erreichen – und erfolgreich sein.

Das alles kann ich alleine machen, um im Flow zu sein. Wenn wir jedoch gemeinsam in das Fließen kommen wollen, dann ist der Schlüssel dazu konstruktive Kooperation. Konstruktiv statt destruktiv. Konstruktive Kooperation statt destruktiver Konkurrenz. Wir pflegen leistungsfördernden internen Wettbewerb statt lebensmindernder interner Konkurrenz. Im Zustand des feindlichen Gegeneinanders fliegen wir aus dem Flow, weil die Energie nicht mehr ZENtriert ist auf das gemeinsam zu lösende Problem, auf die zu meisternde Herausforderung. Die Energie wird vergeudet. Aus Ordnung wird Unordnung.

Im rechten Maß arbeiten wir, wenn wir weder überfordert noch unterfordert sind. Es ist ein Korridor, ein Flussbett zwischen unseren Fähigkeiten und den Anforderungen. Wenn wir das Flussbett verlassen, erfahren wir Angst oder Langeweile – Angst, wenn unsere Fähigkeiten gering sind und große Anforderungen anstehen.

Die Folge: Überforderung.

Meine Schlüsselerfahrung als Verhaltenstrainer

Es war im Februar 2009, sechs Monate nach dem Finanzcrash von Lehmann Brothers. Ich hatte vor Unternehmensberatern eine Rede zur „Zuversicht in Zeiten der Angst" gehalten. Sie wurde gut angenommen, trotz des Themas Angst. Und ich untermauerte die Notwendigkeit zur positiven Ausstrahlung mit einer jüngsten Untersuchung. Diese hat nämlich ergeben, dass es den Mitarbeitenden gut geht, selbst wenn sie in einer Firma sind, der es gerade sehr schlecht geht, weil die Chefin Zuversicht ausstrahlte.

Kurz darauf habe ich von einer Bank die Einladung erhalten, zum Führungskräftemeeting eine Rede zu halten. Man sagte mir, dass ich das Thema frei wählen könnte, da man mir vertraute. Ich habe mich dazu entschieden, diese soeben erfolgreich gehaltene Rede nur neu zu betiteln mit „Zuversicht – die Aufgabe einer Führungskraft".

Ich habe begonnen, den Flow bildhaft am Flipchart darzustellen, zwischen der x-Achse für „Fähigkeiten" und der y-Achse für „Anforderungen". Dazwischen fügte ich, ausgehend von den Achsen, Wellenlinien für den Flow-Korridor ein. Und zu diesem Wort fügte ich in den Korridor noch die Worte „Das rechte Maß" ein. Und ergänzte: Das ist nach dem Hl. Benedikt die Mutter aller Tugenden.

Rechts unten schrieb ich: Langeweile – Unterforderung. Und ich meinte: „Das ist derzeit nicht Ihr Problem." (Bei der ersten Rede vor den Beratern gab es an dieser Stelle einen Lacher. Nicht hier bei den Bankern.) Den Bankern sagte ich weiter: „Ihre Fähigkeiten, die Probleme des wildgewordenen Marktes zu lösen, tendieren gegen Null. Sie teilen das mit fast allen Leuten der Wirtschaft und der Politik. Sie sind links oben im Sektor der Überforderung und der Angst. Ihre Aufgabe als Führungskraft ist, Zuversicht auszustrahlen. Gerade jetzt."

Der Treasurer der Bank, der sich um die Liquidität zu kümmern hatte, sagte mir später unter vier Augen, dass er im Februar 2009 tatsächlich nicht wusste, wo er in den nächsten zwei Tagen das notwendige Geld herbekommen sollte. Mir wurde schlagartig klar, dass es bei einer Bank im Kern um nichts anderes geht als um Geld und Liquidität, und nicht um andere Geschäftsfelder und Beteiligungen. Im Februar 2009 war nur die Kernkompetenz das Thema.

Zu Beginn der üblichen Fragerunde herrschte Stille, absolute Stille. Bis einer sich vorwagte und von mir als Berater wissen wollte, was sie nun tun könnten. Ich packte all meinen Mut zusammen, um die Wahrheit auszusprechen: „Ihnen fehlt derzeit in der Situation größter Herausforderung das Wissen, um aus dem Sektor der Angst zu kommen. Wie Sie das notwendige fachliche Wissen rasch erlangen können, dazu fehlt mir die fachliche Erfahrung. Ich bin kein Banker. Ich kann Ihnen jedoch sagen, was Sie tun können, um Zuversicht auszustrahlen:

Sie stehen und gehen geerdet.

Sie schauen den Menschen in die Augen und Sie setzen ein freundliches Gesicht auf.

Ihre Stimme ist sicher, kräftig und warm."

Drei Tage später – es war ein Wochenende dazwischen – erreichte mich der Anruf des HR-Chefs: „Die Rede wurde gut angenommen – nach den Schreckminuten. Und der Generaldirektor ist nach der Rede darauf eingegangen: „Stimmt das, Sie haben Angst?" Und einige im Raum bestätigten es. Keiner hat widersprochen. Es war also gut, dass Du das angesprochen hast."

Um in Situationen der Angst wieder in den Flow zu kommen, ist es notwendig, dass wir das, was Angst auslöst, benennen.

Die Führungskraft lenkt die Menschen achtsam in den Korridor des rechten Maßes, dorthin wo Arbeit Freude macht.

33 Höchstleistung
Frei von Vorgabe und Unterstützung

„Diejenigen, die Höchstleistung erbringen, sind selbstgesteuert."

Alle Menschen wollen etwas leisten – manche können es. Dürfen es alle?

Führen – also Menschen entwickeln, um zielorientiert den Sinn des Unternehmens zu verfolgen – findet statt zwischen „vorgeben" und „unterstützen". Zu Beginn einer Zusammenarbeit geben wir vor: die Werte, die Regeln, die Normen unseres spezifischen Unternehmens. Wer einsteigt, muss wissen, was uns wichtig ist. Und es werden in dieser Phase des On-boarding die Ziele vorgegeben, damit klar ist, wohin die Reise geht.

Der Kompass wird eingenordet – direktiv. Wir geben Orientierung.

Ist der neue Mitarbeitende mit den Vorgaben (einigermaßen) vertraut, so können wir die Vorgaben zurücknehmen und die Unterstützung verstärken. Wir kommen in die Phase des Vertrauens und des Zutrauens.

Wir lassen los.

Wichtig: Wer neu Wege alleine geht, wird straucheln, stolpern, stürzen.

Das macht nichts. Beim Bouldern, dieser wunderbar jungen, boomenden Sportart (auch für Großstädte und selbst für Beleibte geeignet) lernen die neuen Klettermaxe, dass Stürzen normal ist. Und, dass Runterfallen uns hilft, zu lernen. Das Wort Fehler existiert beim Bouldern nicht. Wenn schon, dann nennen wir sie „Teil-Erfolge".

In dieser zweiten Phase auf dem Weg zur Höchstleistung machen wir Mut. Wir leiten durch begleiten.

Wer dieses Niveau erreicht hat, wird nun auch in der Lage sein, in die dritte Phase einzusteigen und Probleme eigenständig zu lösen: Vorgaben sind nun überflüssig, die Unterstützung nimmt zu.

Wir coachen zum selbstwirksamen Agieren.

Darauf ist der Fokus in dieser dritten Phase des Entwickelns gerichtet.

Durch Erfolgsgefühle im Lösen von Problemen gestärkt, selbstsicher und auch selbstbewusst, sind wir nun mental ausgestattet, um uns autonom zur Höchstleistung aufzuschwingen. Wir handeln und leisten autonom, auch ohne Unterstützung. Eine Führungskraft, der es so gelingt, denjenigen, für den sie die Verantwortung trägt, zur Höchstleistung zu führen, wird es auch schaffen, Teams zu formen.

Ein Team ist eine Gruppe, deren Mitglieder in der Lage sind, alle Energien auf das zu lösende Problem zu bündeln – und in der kein Mitglied der Gruppe gegen ein anderes kämpft.

Teams lösen Probleme und machen keine. Sie erbringen so auch Höchstleistungen.

Ein Schlüsselerlebnis als Ausbildner von Führungskräften

Nachdem ich die oben beschriebenen Phasen von der Phase 1: Orientierung, Phase 2: Vertrauensaufbau und Phase 3: Probleme lösen besprochen habe, erklärte ich zu Phase 4: Höchstleistung, dass wir hier in dieser Gruppe Menschen haben, die keine Orientierung und auch keine Unterstützung mehr benötigen. Ich denke da an Dich, Maria. Als langjährige Bilanzbuchhalterin bist Du bei den Stars angekommen. Und sie meinte lachend: „Das hätte bis vor kurzer Zeit gestimmt – so wie für alle Bilanz- und Buchhaltungskräfte. Als der Chef sich jedoch eingebildet hatte, für die neu gegründete deutsche Tochterfirma die Buchhaltung von Österreich aus zu machen, wusste ich sehr bald, dass die deutschen Richtlinien zwar ähnlich sind, mein Wissen reichte jedoch nicht mehr aus. Ich war wieder in Phase 1 mit Orientierungsnotwendigkeit angelangt."

Ein Monat nach dieser für mich denkwürdigen Erfahrung waren wir wieder in einem Workshop und Maria bat mich, kurz etwas sagen zu dürfen. „Ich bin nun schon wieder in Phase 4. Ich habe nach diesem Modell bewusst die zwei folgenden Phasen durchlaufen. Nun bin ich wieder autonom, also frei, ich kann ohne weitere Vorgaben und auch ohne Unterstützung arbeiten. Ich bin wieder selbstbestimmt und kann selbstwirksam handeln."

Von der Top-Expertin haben wir lernen dürfen, dass wir für das Niveau der Höchstleistung nach einem veränderten Rahmen wieder durch die drei Phasen durchmüssen.

In aller Demut.

Zusatz: Demut
Demut heißt Selbsterkenntnis

„Nur wer sich selbst führen kann, ist in der Lage, andere zu führen."

Meine Schlüsselerfahrung
für den Berater und Trainer

„Rupert, was bedeutet Demut?", fragte ich meinen jesuitischen Lehrer.
„Demut heißt Selbsterkenntnis."

Das war eine dieser klaren, eher einsilbigen Antworten. Grundsätzlich schätze ich diese Klarheit. Hier fehlte mir aber etwas.

Ich bat Rupert um eine Erklärung: „Wie hängt Demut mit Selbsterkenntnis zusammen?"
„Demut heißt Lateinisch humilitas, Selbsterkenntnis. Und im Wort humilitas steckt das Wort humus, Erde. Ein demütiger Mensch steht gut geerdet auf Mutter Erde. Er schwebt nicht über ihr, wie es der Hochmütige tut, der sich größer macht, als er ist.

Und wir wissen ja: ‚Hochmut kommt vor dem Fall.' Ein demütiger Mensch macht sich aber auch nicht kleiner, als er ist. Er ist nicht unter der Erde, wo der ist, der sich demütigt oder gedemütigt wird."

Ich verstehe nun, warum Rupert nicht mehr sagte als „Demut heißt Selbsterkenntnis". Es ist klar. Es geht um nicht mehr, als um das immer wiederkehrende „Erkenne Dich selbst". Es geht um den Siegerspruch (aus zwanzig Vorschlägen ausgewählt) für das Orakel von Delphi „Gnothi seauton".
Es ist klar und herausfordernd.

Und noch d i e Schlüsselerfahrung
für Persönlichkeitsentwicklung

„Der Weg in das eigene unbekannte Selbst ist ein Abenteuer – vielleicht das größte, das ein Mensch erleben kann. Sicher kommt es vor, dass im Verlauf des Selbsterkenntnisprozesses, im Verlauf des Abbaus von Lebenslügen plötzlich ein Mensch einem Unwesen entgegenzugehen meint und sich weigert, weiterzugehen. Solche Widerstände sind typisch für die Expedition zum eigenen Selbst. Ein psychisch Gesunder wird sie meist ohne allzu große Umwege überwinden. Umso erhebender ist das Gefühl der Erfüllung, wenn man nach mitunter jahrelangem Dschungelmarsch mitten im Urwald plötzlich eine Lichtung entdeckt, die ganz anders aussieht, als man zuvor meinte.

Sie ist dennoch schön und liebenswert. Man ist angelangt beim eigenen Selbst, kann es erkennen, kann es annehmen und kann beginnen, sich auf dieser Lichtung niederzulassen und sie zu gestalten."
Rupert Lay, Führen durch das Wort.

Publikationen

DER AUTOR

Mit 24 Jahren wurde Peter Gruber vom Studenten der Sozial- und Wirtschaftswissenschaften zur Führungskraft – unmittelbar, ohne Ausbildung und ohne Führungserfahrung. Dieser Einstieg ins Berufsleben und Management war dank der Unkompliziertheit seines ersten Arbeitgebers möglich. In den bald 50 Jahren als Trainer, Coach, Kulturarbeiter und nicht zuletzt als Führungskraft, optimierte er laufend seine Verhaltensmuster im Umgang mit seinen Angestellten und wurde für sich fündig, was eine „gute" Führungskraft ausmacht. Auf eine wertschätzende, ermutigende und vorbildliche Weise lebt er seinen Angestellten und Seminarteilnehmern aktiv vor, was für ein gesundes Arbeitsklima notwendig ist.

DER VERLAG

VINDOBONA
VERLAG SEIT 1946

ein Verlag mit Geschichte

Bereits seit 1946 steht der Vindobona Verlag im Dienst
seiner Bücher und Autoren. Ursprünglich im Bereich pe-
riodisch erscheinender Journale tätig, präsentiert sich der
Verlag heute als kompetenter Partner für Neuautoren am
deutschen, österreichischen und schweizerischen Buch-
markt. Engagement, Verlässlichkeit und Sachverstand –
das sind die Grundpfeiler, auf denen der Verlag seit jeher
sicher steht.

Sie möchten mit Ihrem Werk das vielseitige Verlagspro-
gramm bereichern? Der Vindobona Verlag garantiert Ihnen eine professionelle Prüfung Ihres Manuskriptes durch
das Lektorat sowie eine zeitnahe Rückmeldung.

Genauere Informationen zum Verlag
finden Sie im Internet unter:

www.vindobonaverlag.com